Stefan Brux

ANARAM – Verschleierung

ANARAM

–

Verschleierung

Stefan Brux

2024

Carola Hartmann Miles-Verlag

Bibliografische Information der Deutschen Nationalbibliothek
Die Deutsche Nationalbibliothek verzeichnet diese Publikation in der Deutschen Nationalbibliografie; detaillierte bibliografische Daten sind im Internet über www.dnb.de abrufbar.

Bild Umschlag-Vorderseite: Arya Atti, Kassel

Herstellung: Books on Demand, Norderstedt

Printed in Germany

ISBN 978-3-96776-076-7

Inhaltsverzeichnis

Triggerwarnung

Der folgende Text behandelt psychosoziale und physische Folgen von Krieg, Gewalt, Verwundung und Tod. Er thematisiert fiktive Geschehnisse im Kontext des Bundeswehreinsatzes in Afghanistan.

Bitte seien Sie achtsam und entscheiden selbst, ob Sie sich stark genug fühlen, sich heute mit diesen Themen zu befassen.

Maybe you think somehow Afghan girls can live without dreams but among us are girls who want to be doctors, engineers, an astronaut … and for the last 20 years that your soldiers were here in our country you have encouraged us to think that we could be.

Maryam, 16 Jahre [1]

Für die Töchter Afghanistans
und für meine Tochter.

Prolog

Sara Klinger schläft unruhig. Sie ist vor ihrem morgigen Vortrag aufgeregt und Albträume lassen sie immer wieder kurz hochschrecken. Sie weiß, dass sie vergehen werden und sie bringen sie nicht aus der Ruhe. Aber es nervt, dass die Träume da sind und wiederkommen. Sara nimmt ihr Mobiltelefon vom Nachttisch und sieht, dass Anaram eine Nachricht geschrieben hat. Ihr Liebling Anaram aus Kabul. Was für ein Segen, dass sie dieses wunderbare Kind kennenlernen durfte. 2015 waren sie zusammen in Kunduz bei einer Bombardierung fast ums Leben gekommen. Aber sie hatten es geschafft und sich nicht aus den Augen verloren. Sara unterstützte sie und ihre Mutter Amira vier Jahre lang jeden Monat, was große Löcher in ihr Krankenschwesterngehalt riss. Sie zog dafür in eine kleinere Wohnung, verreiste weniger und nahm die Einschränkungen gern in Kauf, denn sie sah, dass es Anaram und Amira, die inzwischen in Kabul lebten, von Jahr zu Jahr besser ging. Eines Tages, im Sommer des vergangenen Jahres, rief Amira aus Afghanistan an und sagte ihr, dass sie nun kein Geld mehr schicken müsse. Sie würde inzwischen in der Schneiderei ausreichend Geld verdienen. Sara war überrascht, auch etwas erleichtert und sie hatte nicht damit gerechnet. Einige Wochen später kam ein Paket. Darin lag ein wunderschönes und farbenfrohes Kleid, liebevoll mit afghanischen Stickereien versehen. Dabei lag ein Brief, den Anaram geschrieben hatte.

Liebe Sara,

Mama und ich haben für dich dieses Kleid gemacht. Meine Mama hat es genäht und ich habe die Stickereien gemacht. Wir hoffen, dass es dir gefällt und du gern an uns denkst. Wir sind dir sehr dankbar, dass du uns immer unterstützt hast. Mama sagt, dass sie jetzt in der Schneiderei genug Geld verdient, um uns beide versorgen zu können und sie bedankt sich bei dir, dass du geholfen hast, ihren Traum wahr zu machen.

Ich gehe in die Mädchenschule und es gefällt mir sehr gut. Vielleicht werde ich dort später Lehrerin. Das wäre sehr schön. Ich habe große Angst, dass die Taliban zurückkommen könnten, aber Mama und Herr Pashteen haben keine Angst vor den Taliban. Sie sagen, dass uns die afghanischen Soldaten in Kabul immer beschützen werden, auch wenn alle anderen Soldaten bald nicht mehr in Afghanistan sind.

Wir lieben dich und wenn dir das Kleid gefällt, kannst du uns ja ein Foto von dir und dem Kleid schicken.

Anaram und Amira

Die Kaffeefrau

Tue das, wodurch du würdig bist, glücklich zu sein.

Immanuel Kant [2]

Der Kaffee aus der tropfenden Thermoskanne im Foyer ist heiß, schmeckt bitter und sauer zugleich. Robert „Moses" Voigt, Soldat im Sanitätsdienst der Bundeswehr und in dieser Hinsicht Kummer gewohnt, verzieht angeekelt das Gesicht, dreht sich zur Seite weg und blickt dadurch direkt in das freundliche Gesicht einer jungen Frau, die hinter ihm ansteht. Sie trägt ein atemberaubendes Kleid. Es ist wunderbar farbig, lebendig und mit kunstvollen Stickereien versehen, die Moses an seine Zeit in Afghanistan erinnern. Ihre Augen treffen und mustern sich wohlwollend. „Nicht machen", murmelt Moses und macht ihr Platz. Er geht ein Stück zur Seite und stellt sich mit dem Rücken an die einzige massive Betonwand im Foyer, sicher ist sicher. Die junge Frau hat inzwischen ihren Kaffee gekostet und fast wieder ausgespuckt. Sie blickt sich angewidert um und geht schnurstracks zur Geschirrrückgabe, um die Tasse, und speziell deren Inhalt, fachgerecht als Sondermüll zu entsorgen. Moses blickt ratlos in seine Tasse und bewundert unbekannterweise ihre Entschlusskraft und Kompromisslosigkeit. Sie hat einfach den Kaffee nicht getrunken. Das hatte er auch schon oft vor, denn in allen ihm bekannten Dienststellen hatte es immer solch scheußlichen Kaffee gegeben. Aber

Koffein zu verschmähen, egal in welchem Aggregatszustand, kann man sich im Sanitätsdienst nicht leisten.

Die Kaffeepause ist vorbei und das Publikum findet sich langsam wieder im Konferenzraum der Tagung „Wehrmedizin im Auslandseinsatz: Anspruch und Notwendigkeiten" ein. Es folgt der zweite Vortragsblock dieses Tages, an dessen Ende er seinen Vortrag zum Thema „ISAF, RS und MINUSMA: Lektionen am scharfen Ende" halten soll. Ein Kinderspiel; Moses liebt es, zu kommunizieren und von seiner Arbeit zu berichten. All das fällt ihm nicht schwer und er ist sehr stolz, eingeladen worden zu sein. Auch sind wirklich interessante Vorträge dabei und in seinem Programmflyer ist der nächste Vortrag angekreuzt: „Psychosoziale Herausforderungen im medizinisch-humanitären Auslandseinsatz: Freiwilligkeit zwischen Resilienz und Empathie (MSF, AFG, Kunduz)". Referentin soll eine gewisse Sara Klinger sein, die er noch nicht kennt. Offenbar arbeitet sie für „Ärzte ohne Grenzen", wie die französische Abkürzung MSF vermuten lässt. Die Referentin wird freundlich anmoderiert, sie sei Krankenschwester auf einer Intensivstation in Berlin und einige Jahre auch ehrenamtlich in den Konfliktzonen der Welt unterwegs gewesen, habe 2015 die Bombardierung der Klinik von Ärzte ohne Grenzen in Kunduz nur knapp überlebt und sich inzwischen aus internationalen Einsätzen zurückgezogen. Sie würde ihren Vortrag über die Arbeit von MSF in Afghanistan halten und auch einige persönliche Überlegungen zum Umgang mit psychosozialen Problemen der afghanischen Zivilbevölkerung, speziell der Frauen und Kinder, darlegen. Die Kaffeefrau steht auf und geht vor. Moses schmunzelt, aber dieses Schmunzeln wird ihm gleich vergehen.

Die Kaffeefrau, Moses würde sie ab jetzt innerlich immer so nennen, beginnt mit fester und klarer Stimme zu sprechen und Moses ist mit jedem Satz mehr von ihr eingenommen. Er mag ihre Art, am Pult zu stehen und sich dabei nicht festzuhalten. Er mag ihre funkelnden Augen, auf deren Farbe er vorhin nicht geachtet hatte. Er mag ihre Offenheit, die keinen Kajalstift benötigt und ihre ausgestrahlte Ruhe, die sich mit dem überlebten Bombenangriff nicht erklären lässt. Sara Klinger spricht und löst in Moses immer mehr Erinnerungsfetzen an seine Afghanistaneinsätze aus. Sie muss einige Jahre nach ihm dagewesen sein, als die Situation in Kunduz immer mehr eskalierte und es schließlich in Folge von zivil-militärischer Misskommunikation und amerikanischer Feuerkraft einer AC-130 zur Zerstörung der Klinik von Ärzte ohne Grenzen kam[3]. Militärs würden diesen Vorfall vielleicht verharmlosend „friendly fire" nennen, die Angegriffenen würden ihn eher als Kriegsverbrechen werten. Sara Klinger spricht nun über die Zeit unmittelbar nach der Bombardierung und zeigt auch Bilder.

Das zerstörte Klinikgebäude und auch Bilder der Opfer zeigt sie kurz in angemessener Form. Schließlich berichtet sie von den Frauen und Kindern, die sie in der Klink beherbergten und die sie als Köchinnen, Reinigungs- und Pflegepersonal unterstützten. Einige der Bilder zeigen immer wieder die gleichen Personen, eine afghanische Mutter und ihre ungefähr neun bis zehn Jahre alte Tochter. Moses erkennt die beiden sofort und ihm entfährt ein unkontrolliert laut gestöhntes „FUCK!", woraufhin sich seine Sitznachbarn verständnislos umschauen und auch Sara Klinger am Pult verunsichert innehält. Sie versucht, die Situation mit einer Bemerkung über zu starken Kaffee beim Militär zu retten, während Moses mit hochrotem Kopf, viel Scham und ganz viel Aufregung auf seinem Stuhl gern im Boden versinken würde. Lächelnd spricht Sara weiter und erzählt die Geschichte von Anaram und ihrer Mutter Amira, die sie in der Klinik mit gebrochenem Unterkiefer behandelt hatten, deren Mann, ein Talibankämpfer, bei der Bombardierung getötet wurde und dass sie sich mit dem kleinen Mädchen angefreundet und ihr in ihrer Freizeit Unterricht gegeben hatte. Sie erzählt, dass Anaram als vierjähriges Mädchen bei einem Gefecht zwischen Taliban und Bundeswehrsoldaten am Hals verletzt und von einem Sanitäter der Bundeswehr gerettet wurde.

Sara erzählt auch von ihren eigenen psychischen Problemen, die sich einige Monate nach ihrer Rückkehr in Albträumen, Depression und Panikattacken geäußert hatten. Sie erzählt von ihrer Therapie, die ihr wieder Ruhe und Zuversicht gegeben hatte. Während all dem sitzt Moses nervös auf seinem Stuhl. Unruhe steigt in ihm auf und er ringt mit seiner Fassung. Tausend Gedanken schießen ihm durch den

Kopf und während ihm die Tränen kommen, steht er auf, verlässt den Raum, hastet ins Foyer, hockt sich an der Betonwand in Deckung gehend neben einen Feuerlöscher. Moses stiert einige Minuten vor sich hin und schließlich übermannen ihn wieder die Tränen. Inzwischen ist Sara Klingers Vortrag zu Ende gegangen und der nächste soll beginnen; sechzig Minuten Zeit, bis Moses dran ist. Er kramt sein Handy aus der Tasche und bemerkt nicht, dass in diesem Moment Sara Klinger aus dem Saal ins Foyer kommt, gefolgt von einem Major, der die Tagung im Hintergrund bisher lautlos organisiert hatte. Sie sehen Moses in Tränen aufgelöst an einem Feuerlöscher hocken und in sein Handy schreien: „KEULE! KEULE! Komm aus Deinem scheiß Loch raus!! Keule, das Kind lebt, hast Du verstanden?? Das Kind lebt!!" Offenbar hört er nun kurz seinem Gegenüber zu und beginnt wieder zu schreien: „Ich hab' sie gesehen!! Ich hab' sie gesehen!! Nein, ich bin nicht verrückt. Ich hab' sie hier gesehen, auf Fotos!! Keule, wir haben es geschafft!! Das Kind lebt!! Wir haben es geschafft!" Nun fällt sein Blick auf Sara und den Offizier, die ihn interessiert und leicht beunruhigt mustern. Die Referentin hat nicht erwartet, dass ihr Vortrag so hart triggern würde, und der Major macht sich Sorgen um seinen nächsten Vortragenden. „Alles klar bei Ihnen, Kamerad?" fragt der Offizier, nun auf Moses zukommend, der das Telefonat beendet und sein Handy noch fahrig in den verschwitzten Händen hält. Moses schaut an ihm vorbei, hin zu Sara Klinger, die ihn verunsichert anschaut und zu verstehen versucht, was mit dem bisher sehr sympathischen Mann vor ihr los ist. „Es ist alles gut. Sie sind in Sicherheit, Herr …?", spricht sie ihn ruhig an. „Moses, nenn mich Moses", antwortete er, doch was seinerseits kameradschaftlich verbindend gemeint ist, entfacht in der kriegserfahrenen Krankenschwester diagnostische Neugier. Angstsymptome, biblische Bezüge, distanzlose Kommunikation; dieser Mann hat vermutlich ernsthafte psychische Probleme. Sie kniet sich neben ihn und legt ihre Hand ruhig auf seinen Oberarm. Sie schaut ihn an, klar und zunächst schweigend. Er schaut verwundert zurück, spürt die Wärme ihrer Hand durch den Uniformstoff und bemerkt, dass sie ihn wie einen Kranken anschaut. Moses atmet zweimal tief durch und sagt: „Das Mädchen. Ich habe sie gerettet. Ich war das. Ich habe gerade mit Keule telefoniert, einem Kameraden, der danebenstand und der glaubt, dass sie tot sein muss. Der sich seit Jahren vor seinem Leben verkriecht, weil er glaubt, damals zu wenig getan zu haben. Hat er aber nicht. Ich muss jetzt noch zwei Anrufe machen, dann brauch ich fünf Minuten für mich und dann komme ich, Okay?", sagt er an beide gerichtet. Der junge Major entspannt sich sichtlich, dreht sich um und verschwindet wieder im Saal. Sara Klinger bleibt bei Moses und schaut ihn an. „Okay, kann ich solange hierbleiben?", fragt sie und setzt sich Tatsachen schaffend und nicht auf ihr Kleid achtend im Schneidersitz neben Moses. „Sehr gern", kommt seine Antwort und er schaut sie an. Grüne Augen hat sie und sie mustern ihn aufmerksam. Beide mögen stabile Wände im Rücken, das verbindet. „Die Wunde, ist die gut verheilt?", beginnt er. „Geht so, aber wolltest Du nicht telefonieren?", entgegnet Sara.

Moses nickt und hebt sein Telefon, sucht die Nummer von Sven Kovac raus und lässt es läuten.

„Spast, Alter! Ich muss Dir was sagen“, kommt es nun gegenüber der bisherigen Aufregung deutlich ruhiger aus Moses heraus. „Das Mädchen in Afghanistan. Sie heißt Anaram. Sie lebt. Wollte ich Dir nur sagen. … Kovac, alles klar bei Dir? Was ist los? Bei Caro? Häh? Ist das eine gute Idee? Lass uns heute Abend telefonieren, ich habe jetzt nicht viel Zeit, wollte Dir nur sagen, dass das Kind lebt. … Ja, erzähl ich Dir heute Abend. Over.“

Sara schaut ihn weiterhin offen an und versucht sich einen Reim auf diesen interessanten und attraktiven Mann zu machen. Ein Mann mit Gefühlen, mal ganz was Neues. „Und jetzt noch Cluster“, sagt Moses entschuldigend und Sara schaut ihn irritiert an. „Cluster? So wie Clusterfuck? Ist das so ein infantiles Militärding mit den komischen Namen?“ Jetzt lacht Moses sogar. „Ja, Clusterfuck, genauso wie Clusterfuck. Das hatte er sogar auf seinem Helm stehen.“ Sara schaut auf die Uhr und sagt in einem inzwischen regelrecht vertrauten Tonfall: „Beeil Dich, in zehn Minuten geht Dein Vortrag los. Du wolltest noch fünf Minuten für Dich und ich muss auch gleich los.“ Moses antwortet: „Danke Sara, Du hast keine Ahnung, wie viel mir das hier gerade bedeutet. Können wir uns mal in Ruhe über das Mädchen unterhalten?“ „Ja, gern. Aber ich reise dann gleich nach La Palma ab, drei Monate Abstand von allem. Keine Kriege, keine Intensivstation und keine fiependen Magensonden.“

„Das hört sich toll an, bräuchte ich auch. Kann ich Dich irgendwie erreichen?“, fragt Moses und Sara schaut ihn prüfend an. Schließlich kramt sie das Tagungsprogramm aus ihrer Handtasche, mopst sich mit einer spielerischen Bewegung ungefragt einen Kugelschreiber aus der Armtasche seiner Uniform und schreibt neben ihren Vortragstitel „La Fajana / La Palma“. Dann steckt die Kaffeefrau den Kugelschreiber langsam und fast zärtlich in seine Armtasche zurück. Sie drückt Moses den Programmflyer in die Hand und kramt ihr Handy raus. „Darf ich ein Foto von uns machen? Ich würde es gern Anaram senden.“ Moses schaut sie daraufhin mit großen Augen an. „Du hast Kontakt mit ihr?“, fragt er entgeistert, denn nach seiner Zeit in Afghanistan hatte er keinerlei Kontakt zu nichtmilitärischen Personen aus seinem Umfeld in Afghanistan gehabt. „Klar, sie leben jetzt in Kabul, betreiben eine Schneiderei und würden sich bestimmt sehr freuen, ihren Retter kennenzulernen.“ Moses ist sprachlos; was für ein Vormittag, was für eine tolle Frau und was für eine verrückte Geschichte. Natürlich machen sie ein Bild und als sie geht, schaut sie sich nochmals um, winkt und lacht ihm zu, wie er lächelnd am Feuerlöscher hockt, Betonwand im Rücken, Telefon am Ohr und nun wieder aufgeregt hineinruft: „CLUSTER, das Kind lebt!“

Die Schneiderin von Kabul

I want to resist this violence. I want to show that we woman will not give up so easily the rights that we fought for.

Crystal Bayat [4]

Am frühen Nachmittag kommt die fünfzehnjährige Anaram in Kabul aus der Mädchenschule und geht schnurstracks zur Schneiderei ihrer Mutter Amira. Die Sonne brennt sich unerbittlich ins Mauerwerk. Ihre Mutter erwartet sie, hat Essen und Tee bereitgestellt, während sie bereits wieder an ihrer Nähmaschine hockt. Anaram setzt sich in die Ecke neben der Kasse und verschlingt hungrig ihr Essen. Ihre Mutter beobachtet sie und freut sich jeden Tag für ihre Tochter, dass sie regelmäßig zu essen bekommt und in die Schule gehen kann. Amira freut sich auch darüber, dass sie inzwischen ihre eigene Schneiderei in Kabul führt, nachdem sie hier nach ihrer Ankunft aus Kunduz vor fünf Jahren nur als einfache Näherin angefangen hatte.

Es waren harte Zeiten damals, Ende 2015. Sie hatten aus Kunduz weggemusst, fliehend vor den Taliban, und waren verzweifelt. Dank der finanziellen Unterstützung von Sara aus Deutschland konnten sie zunächst bei einer Familie in der Nachbarschaft unterkommen. Gleich am ersten Tag hatte Amira die kleine Schneiderei gegenüber entdeckt und sich mit ihrer eigenen Nähmaschine und ihren Stoffen vorgestellt.

Der Inhaber, ein alter Mann mit dem klangvollen Namen Rahmatullah Mohammad Pashteen, hatte sie kurz gemustert und ihr vorgeschlagen, dass sie mit ihrer Nähmaschine bei ihm arbeiten könne, aber die Hälfte ihrer Einkünfte an ihn abgeben müsse. Es erschien Amira zunächst wenig attraktiv, denn ein regelmäßiges Einkommen, von ihm gezahlt, wäre ihr lieber gewesen. Aber darauf wollte er sich nicht einlassen. Die Geschäfte liefen nicht mehr so gut, denn die Nachbarn kauften inzwischen neue Kleidung in größeren Geschäften und ließen sich weniger Kleidung selbst anfertigen oder Verschlissenes ausbessern. Amira willigte notgedrungen ein, baute ihre Nähmaschine auf, brachte ihre bunten Stoffe in die Schneiderei, legte sie neben die Stoffe mit den gedeckten Farben, mit denen Herr Pashteen arbeitete, und fing an zu nähen. Am Abend hatte sie ein Kleid und drei Taschen gezaubert, die Herr Pashteen verächtlich in Augenschein nahm. Er murmelte etwas von zu bunt und zu modern und dass man sowas hier nicht verkaufen könne. Aber er hatte nichts dagegen, dass Amira ihre Sachen ganz vorn auf den Kleiderständer auf der staubigen Straße hängte. Nach einer Stunde waren alle Teile verkauft und am nächsten Tag kamen zwei junge Frauen und erkundigten sich nach farbenfrohen Kleidern. Amira zeigte ihnen ihre Stoffe, nahm Maß und besprach mit den jungen Frauen, für welchen Anlass und wie genau sie die Kleider geschneidert haben wollten. Herr Pashteen beobachtete das Gespräch und unterdrückte seine Missbilligung. Zwei Tage später waren die Kleider fertig, die Kundinnen zufrieden und Herr Pashteen sprachlos, als Amira ihm stolz lächelnd seine Hälfte, einen unerhörten Geldbetrag, in die Hand drückte. Herr Pashteen wurde in den kommenden Tagen und Wochen immer nachdenklicher. Er sah, welchen Erfolg Amira mit ihren Kleidern und Taschen hatte und verstand es nicht. Solch einen Erfolg hatte er mit seinen traditionellen Kleidern und Gewändern nie gehabt. Schließlich setzte er sich mit einem Tee neben Amiras Nähmaschine und schaute ihr zu. „Wie machst Du das, Amira? Warum lieben die Leute Deine Kleider und lassen meine hängen?", fragte er versonnen. Amira sah ihn an und entgegnete: „Ich frage die Leute was sie wollen und dann mache ich ihnen genau das und noch ein bisschen mehr." Herr Pashteen entgegnete: „Aber das mache ich doch auch und ich habe sogar eine größere Auswahl an Stoffen und Schnitten als Du." Nach kurzem Nachdenken meinte Amira: „Ich weiß nicht, Herr Pashteen. Vielleicht können wir voneinander lernen? Sie bringen mir ihre kunstvollen und traditionsreichen Schnitte bei und ich helfe Ihnen bei Ihren Aufträgen." Rasch fügte sie hinzu: „Dafür möchte ich dann aber die Hälfte Ihrer Einnahmen." Herr Pashteen war früher ein aufbrausender, stolzer Mann und solch ein Vorschlag hätte ihn damals gedemütigt und sehr wütend gemacht. Aber Herr Pashteen war nur noch ein alter Schneider mit sinkenden Einnahmen, der täglich sah, wie gut sein Schützling arbeitete. Darum willigte er ein und war innerlich sogar sehr erleichtert, denn mit Amira ging es seiner Schneiderei sehr viel besser als jemals zuvor.

Amira lernte schnell und auch ihre Tochter kam immer öfter in die Schneiderei, um den beiden zu helfen. Bald mussten sie regelmäßig Stoffe nachkaufen und einmal reisten sie sogar zusammen nach Pakistan, um sich mit hunderten neuen Stoffballen einzudecken. Amira durfte alle Stoffe aussuchen und Herr Pashteen zahlte die Hälfte und den Transport. Es war für Amira und Anaram eine schier unvorstellbare Menge an Stoffen und als sie alle Ballen in ihren Laden gebracht hatten, mussten sie sich auf sie setzen, weil sonst kein Platz mehr war. Es war ein wirklich magischer Moment. Mutter und Tochter waren überglücklich. Vergessen waren für kurze Zeit all die Entbehrungen der letzten Jahre, die Demütigungen in Kunduz, der Verlust des Vaters Navid und auch die Unterdrückung im männlichen Alltag Afghanistans. Was für ein Glück hatten die beiden in den letzten Jahren gehabt, es war einfach wunderbar.

Eines Tages erschien Herr Pashteen morgens nicht im Laden und Amira schickte Anaram, um nach ihm zu sehen. Sie fand ihn hustend und fiebernd im Bett, zu schwach, um aufzustehen. Sie lief rasch zu ihrer Mutter, kam zurück, kochte Tee und lief dann schnell zur Schule. Am Abend kam sie wieder nach ihm sehen, aber es ging ihm nicht besser und auch am nächsten Morgen kam er nicht in die Schneiderei.

So ging es eine Woche, ohne dass er zu Kräften gekommen wäre. Schließlich schickte Amira auf ihre Kosten einen Arzt zu ihm, der eine Lungenentzündung und ein schnelles Ende diagnostizierte. Amira fragte, ob man nichts für ihn tun könnte und finanzierte schließlich sehr teure Antibiotika für Herrn Pashteen. Er hatte noch nie westliche Medizin eingenommen, trotzdem war er nach einer Woche wieder kräftig genug, um in die Schneiderei zu kommen und sich mit einem Tee und seiner Gebetskette auf einen Stoffballen zu setzen. Das war sehr wichtig, denn Amira hatte bemerkt, dass sich einige Nachbarn regelmäßig nach Herrn Pashteen erkundigten, wobei ihr Interesse offenbar weniger der Gesundheit des Schneiders galt, als vielmehr der Unschicklichkeit weiblicher Geschäftsführung. Es war also notwendig, dass Herr Pashteen lange bei bester Gesundheit blieb und zumindest ab und an in der Schneiderei als Inhaber erkennbar war.

Eines Tages kam eine junge Frau in die Schneiderei, die Amira und Anaram seltsam bekannt vorkam. Sie meinten, sie zu kennen, waren sich aber sicher, ihr noch nie persönlich begegnet zu sein. Sie stellte sich als bekannte Schauspielerin vor und Amira war ganz aufgeregt über solch prominenten Besuch. Die junge Frau fragte nach einem Kleid, einem Kleid von Amira Hassani. Amira war zunächst sprachlos. Seit Ewigkeiten hatte sie niemand mehr bei ihrem vollen Namen angesprochen. Meist war sie als Frau und obendrein mit ihrem zerschlagenen Unterkiefer, der ihr immer noch ein schiefes Lächeln und Schmerzen beim Essen bereitete, ignoriert worden. Seit dem Tod ihres Mannes Navid war es noch schlimmer gewesen, denn nun fehlte ihr auch noch die familiäre Daseinsberechtigung. Alles was sie hatte, war ihre Tochter Anaram und die Arbeit in Herrn Pashteens Schneiderei.

In eben dieser Schneiderei steht nun eine bekannte Schauspielerin und kennt nicht nur ihren Namen, sondern ist auch gezielt zu ihr gekommen. Gekommen, um sich ein Kleid von genau ihr nähen zu lassen. Amira strahlt über das ganze Gesicht und bietet der jungen Frau einen Tee und Gebäck an. Sie unterhalten sich und Herr Pashteen sitzt still lächelnd auf seinem Stoffballen im Halbdunkel und beobachtet die beiden.

Die Schauspielerin ist begeistert von Amiras Kleidern, dieser Mischung aus Tradition, Schönheit und Lebensfreude, die nur sie so klar und authentisch hinbekäme. Amira erfährt, dass ihre Kleider Gesprächsstoff an Filmsets sind und afghanische Fotografinnen ihre Kleider als Motive lieben. All das ist ihr neu, aber sie saugt all diese Informationen dankbar auf und strahlt über so viel Wertschätzung. Was für eine Freude, was für eine Anerkennung nach all der harten Arbeit und den Demütigungen des afghanischen Frauenlebens. Die beiden suchen Stoffe aus, diskutieren über Farben und ihre Wirkung im Sonnenlicht. Sie besprechen Muster für traditionelle Verzierungen, Amira nimmt Maß und soll schlussendlich drei statt nur einem Kleid anfertigen. Was für ein Tag, was für ein Glück!

Als die Schauspielerin gegangen ist, sitzt Amira noch einige Minuten still an ihrer Nähmaschine. Plötzlich sagt Herr Pashteen aus dem Halbdunkel: „Amira Hassani, was bin ich stolz auf Dich. Du bist eine gute Schneiderin geworden und brauchst mich schon lange nicht mehr als Lehrer. Das Geschäft läuft gut ohne mich." Amira steht auf und geht zu Herrn Pashteen, setzt sich neben ihn auf den plattgedrückten Stoffballen. „Danke, Herr Pashteen. Danke für all das hier, für ihren Schutz und was sie mir alles beigebracht haben", sagt sie. „Du bist jetzt berühmt, Amira Hassani", kichert er und fügt mit erhobenem Zeigefinger und verschmitztem Lächeln hinzu: „Und fast alles von mir gelernt." Nun lachen sie beide und er verschüttet etwas Tee auf den teuren Stoff, aber das ist egal, denn der Stoffballen, auf dem er sitzt, ist ohnehin nicht mehr zum Nähen gedacht, sondern als Thron für den alten Schneider Rahmatullah Mohammad Pashteen, Lehrer von Amira Hassani, der Schneiderin von Kabul.

Ausweichmanöver

Es sind nicht die Felsen, die den Lauf und den Charakter der Welt bestimmen, sondern die kleinen Steinchen und Körnchen.

B. Traven[5]

Kovac liegt sturzbetrunken auf Caros Wohnzimmercouch und schnarcht. Sie ist im Schlafzimmer davon wachgeworden und konnte nicht wieder einschlafen, sitzt nun auf dem Balkon und raucht in der ruhigen Morgendämmerung. Es ist fünf Uhr in der Früh und vor einiger Zeit noch wäre sie nun in den Wald gefahren, um Fotos zu machen. Getrieben von innerer Unruhe nach ihrer Verwundung als Soldatin in Afghanistan. Vergangenheit, zum Glück; nur der Armstumpf bleibt.

Kovac hatte damals auch in Afghanistan gedient, hat eigentlich Familie hier in der Nähe, war aber gestern Abend von seiner Frau Jana vor die Tür gesetzt worden, nachdem er im Suff rumgepöbelt und sie und die beiden gemeinsamen Kinder bedroht hatte. Dann hatte er Caro angerufen, während sie auf der Eröffnung ihrer Fotoausstellung war. Sie hatte das erst auf dem Heimweg mitbekommen, trotzdem war der bis dahin schöne Abend versaut. Kovac hockte heulend vor ihrer Tür, einhundertzwanzig Kilogramm durchtrainiertes, tätowiertes und weinendes Testosteron. Wegschicken ging nicht, auch wenn sie das gern gemacht hätte, denn Kovac war so ziemlich der letzte Typ, den sie in ihrer Wohnung haben wollte. Er war dann aber überraschend pflegeleicht gewesen und hatte sich ohne größere Diskussionen auf ihrer Couch einquartiert. Heute kam dann noch der Anruf von Moses, mit dem die alte Geschichte des halbtoten Mädchens in Afghanistan aufgewühlt wurde. Der Tag war gelaufen. Caro ging joggen, während sich Kovac am Küchentisch mit Bier und Jägermeister abschoss. Nun lag er röchelnd auf der Couch und überließ ihr das Nachdenken über seine Situation. Caro nahm ihr Handy und schickte Jana eine Nachricht, dass er hier sei und sie sich keine Sorgen machen müsse. Wenige Sekunden später ploppte eine Nachricht von Jana auf, dass sie froh sei, ihn los zu sein und er nicht wiederkommen solle. Das hatte Caro ihm auch schon mal gesagt. Das hatte nur auf Dauer nicht funktioniert, weil Kovac keiner war, der sich zwischenmenschliche Dinge lange merken konnte.

Währenddessen hatte sich die Rachenmuskulatur des Sven Kovac soweit entspannt, dass sein Zäpfchen im Rachen immer heftiger flatterte und er sich fast daran verschluckte. Das ließ ihn schlecht gelaunt hochschrecken und für einen Moment schaute er sich Orientierung suchend im dunklen Wohnzimmer um. Dann sickerte so langsam die Realität in seinen benebelten Schädel und ließ sich etwas ordnen. Jägermeister, Afghanistan, Caro, Jana, Moses, alles klar. „CARO, WO BIST DU?" Es folgte ein Klopfen von außen an der Balkontür und im Gegenlicht der Dämmerung konnte Kovac den ausgestreckten Mittelfinger von Caros Hand erkennen. Alles klar, Balkon. „Alter, schrei nicht so rum oder Du fliegst hier auch noch raus", fuhr sie ihn dosiert unfreundlich an. „Sorry meine Schöne, kommt nicht wieder vor", war seine lapidare Antwort, wobei er sich eine von Caros Zigaretten schnorrte und mit beiden Händen die Flamme des Feuerzeugs gegen den sanften Wind abschirmte. „Wie machst Du das eigentlich mit nur einer Hand?", entfuhr es ihm und im gleichen Moment bereute er seine Bemerkung, denn an Caros Blick erkannte er, dass sie sein Interesse als Grenzüberschreitung wahrnahm. „Kann ich die Frage zurückziehen?", versuchte er sein Glück. „Kovac, wenn Du hier noch länger als vierundzwanzig Stunden überleben willst, hältst Du Dich ab sofort an folgende Regeln: Rede so selten wie möglich und nur, wenn ich Dich dazu auffordere, wasch Dich regelmäßig und fass mich nicht an. Bekommst Du das hin? Ach, und saufen tust Du hier auch nicht und meine Zigaretten heißen so, weil es meine sind. Klar soweit?", fauchte sie ihn an. „Jawoll, Frau Hauptfeldwebel!"

Es folgte eine Pause, in deren Verlauf beide genussvoll an ihren Zigaretten zogen, inhalierten und versonnen in die Nacht blickten. Schließlich wollte Kovac etwas Versöhnliches sagen und holte Luft. „Kovac, Regel Nummer eins" unterband sie seinen Sprechversuch mit erhobenem Zeigefinger und steckte sich an der glimmenden Zigarette im Mund eine Neue an. „So mache ich das mit einer Hand!"

„Was war denn eigentlich los die letzten Tage?“, nimmt Caro den nicht vorhandenen Gesprächsfaden nach einigen schweigsamen Minuten mit versöhnlicher Stimme wieder auf. Kovac schaut sie ratlos an. „Du darfst jetzt sprechen“, sagt sie gönnerhaft. „Aber nicht zu viel und keinen Dummfug. Denken, drücken, sprechen.“ Kovac rollt die Augen und versucht, sich trotz brummenden Schädels und brennender Augen auf Caros Frauenkommunikation mit ganzen Sätzen einzulassen. „Ich bin bei Jana rausgeflogen“, beginnt er. „Das weiß ich. Warum?“ Kovac schaut beschämt nach unten: „Wir hatten Streit und ich habe gedroht, ihr eine reinzuhauen. Die Kinder haben geschrien und ich habe ausgeholt. Dann ist sie dazwischengegangen, hat mich angeschrien und rausgeschmissen. Mit den Feldjägern gedroht, Scheidung, das ganze Programm.“

Caro lässt das einen Moment sacken. „Hast Du zugeschlagen?“ „Dieses Mal nicht“, murmelt er und Caro fragt weiter: „Hast Du Dir Hilfe gesucht, Kovac? Du weißt, dass das so nicht geht.“ „Ja, ich habe schon mit Moses geredet und er will rumtelefonieren und mich irgendwo unterbringen.“ „Irgendwo unterbringen?“, fragt Caro gedehnt. „Das hört sich ja sehr überzeugend an. Soll ich Dir mal was sagen? Du hast da im Krieg einen mitgekriegt, im wahrsten Sinne des Wortes, und es ist Deine verdammte Verantwortung, da auch wieder rauszukommen. Das nennt sich PTBS und lässt sich bei Menschen mit Hirn behandeln. Mach es für Deine Frau, für Deine Kinder, für alle, die Du mal geliebt hast, als Du noch lieben konntest. Es ist nicht mein

Job, auf Dich aufzupassen und auch nicht der Job von Moses, Dich irgendwo unterzubringen! Du musst auch den Arsch hochbekommen." Kovac schaut Caro an und meint: „Jetzt redest Du aber ganz schön viel." „Ich wohne hier und zahle hier die Miete, ich darf das."

Kovac seufzt. Er hatte sich das mit Caro einfacher vorgestellt. Sie war ganz schön aggressiv und er wollte eigentlich nur seine Ruhe. So richtig verstand er das alles nicht, fühlte aber, dass sich irgendwie Unheil zusammenbraute, welches ihn Familie, Haus und Hof kosten konnte, wie man so schön sagt. Aber wenn er nicht mal verstand, was gerade mit ihm passierte, wie sollte er es denn dann ändern? „Wie hast Du das denn geschafft, Caro? So nach der Verwundung. Du warst doch auch bestimmt fertig danach", fragt er zögerlich. Caro überlegt kurz und antwortet dann: „Ich habe Fotos gemacht." Kovac verkneift sich einen sexistischen Kommentar und Caro registriert das wohlwollend.

Sie steht auf und holt aus dem Wohnzimmer ein Fotobuch, dass sie für ihre Ausstellungseröffnung anfertigen ließ. Darin sind all ihre Bilder zu sehen, die sie im vergangenen Jahr morgens im Wald gemacht hat: Untergehender Mond, glitzerndes Moos, Sonnenstrahlen zwischen Bäumen, Käfer im Halbdunkel, eine Krähe auf einer Wiese, zehn Krähen auf einer anderen Wiese, Nebel an einem Hügel, eine Ricke mit Kitz im warmen Morgenlicht, Gras mit Morgentau, ein düsterer Fichtenforst, ein Ölfilm auf einer Pfütze mit sich spiegelndem Halbmond, ein überfahrenes Wildschwein, ein reflektierender Streifen an einer Schranke im Wald, ein laubgefüllter Kochtopf, ein Amselmännchen auf einem Zweig mit aufgesperrtem Schnabel, Tierknochen im Laub, Sonnenaufgang auf einer Wiese, eine bemooste Wanderwegmarkierung. Kovac hat das Buch anfangs nachlässig durchblätternd angesehen. Ab dem toten Wildschwein nahm er sich dann mehr Zeit und schließlich versinkt er ganz in Caros Fotografien. Er vergisst für einige Momente seinen Kopfschmerz und die unterschwellige Wut auf sein Leben. Er findet in den Bildern Caros Kampf mit sich, mit ihren Schmerzen, der Schlaflosigkeit und der Suche nach einem Sinn für das alles. Keines der Bilder macht für sich genommen Sinn. Warum sollte jemand mitten in der Nacht aufstehen, um einen weggeworfenen Kochtopf im Wald zu fotografieren? Dafür muss man schon ziemlich offen sein. Aber Kovac versteht die Bilder als das, was sie sind: Zeugnis von Unsicherheit, dem Ringen um innere Führung, der Suche nach Ruhe und Beständigkeit in einer Umwelt, die ständig an einem zieht und zerrt.

Kovac ist tief beeindruckt und Caro beobachtet ihn dabei. „Krass", beginnt er. „Ich schenke es Dir, Kovac", sagt Caro und Kovac schaut sie verwundert an. „Ja, behalt es. Für genau sowas wie jetzt ist es gemacht." Kovac antwortet verdattert: „Krass." „Krass ist jetzt das neue Danke, oder was?", grinst Caro ihn an. „Mir hat noch nie jemand ein Buch geschenkt", antwortet Kovac und deutet auf ihre Glatze: „Und warum trägst Du Dein Haar jetzt offen?"

Caro antwortet: „Erinnerst Du Dich noch an Deinen Besuch, als ich nach dem IED im Lazarett war?" Kovac erwidert verunsichert: „Äh, nur noch so lala", denn das war ein Tiefpunkt gewesen, in dessen Folge sie ihn aus dem Krankenzimmer rausgeworfen und monatelang angeschwiegen hatte.

„Dein Haarpflegegeschenk war Scheiße und ich habe mir lieber den Schädel glattrasiert, als weiter hübsch zu sein", sagt Caro sehr ehrlich. „Hier, fahr mal drüber, das kitzelt in der Handfläche", kichert sie und Kovac, der eigentlich genau weiß, wie sich eine frisch rasierte Glatze anfühlt, erfüllt ihr den Wunsch. Als seine raue Hand auf Caros Kopfhaut entlanggleitet, spürt er ihre heraufziehende Gänsehaut und hört sie leise stöhnen: „Nicht aufhören." Kovac versteht das als Befehl und tut, wie ihm befohlen.

Normalitätsprinzip

Ich werde dich sprachlos begrüßen
und mir wünschen,
daß Sprachlosigkeit uns erfaßt
und uns vom Boden der Worte
in den Himmel des Unsagbaren trägt,
wo Seelen schweben und tanzen,
die ihre Ängste zurückgelassen haben
irgendwo in der sogenannten Realität.

Hans Kruppa [6]

Julio Ignazio Fernandez, ein runzliger alter Mann, sonnengegerbt, nahezu zahnlos und mit freundlichen Falten um Augen und Mund, sitzt auf der Veranda seines Restaurants, raucht einen Zigarillo und schaut über die Klippen unter ihm auf den stahlblauen Nordatlantik. Sein Restaurant liegt am nördlichsten Ende von La Palma, weit weg von der Hektik und der Mühsal großer Städte. Gäste erwartet er heute Mittag nicht, denn es ist Montag, außerhalb der Ferienzeit des Festlandes. Gegen Abend würden seine Leute aus dem Dorf kommen und bis dahin blieb noch genügend Zeit für die ein oder andere geruhsame Stunde und zwei bis drei weitere Zigarillos.

Einziger Gast der angeschlossenen Pension ist eine junge Deutsche und auch sie würde erst in einigen Stunden wiederkommen. Julio konnte sie von hier aus als heute türkisfarbenen Punkt sehen. Sie saß, wie jeden Tag seit rund einem Monat, unten am

Wasser auf einer kleinen Klippe und schaute aufs Meer. Ab und zu ging sie baden, machte Yoga oder trank aus ihrer Wasserflasche. Am Abend aß sie mit ihm und seinen Leuten zusammen und machte einen zufriedenen Eindruck. Sie hatte ihm in wenigen, freundlichen Worten zu verstehen gegeben, dass er sich um sie keine Sorgen machen müsse und sie hier einfach die Ruhe genießen will. Das konnte Julio gut verstehen und ließ sie ohne Nachfragen gewähren. Bei ihrer Anreise hatte sie ihm ein Foto von sich und einem uniformierten Mann gezeigt und dazu gesagt, dass, falls dieser Mann hier auftauchen sollte und sie nicht da sei, er ihn runter zu ihr schicken solle. Der Mann auf dem Foto sah hübsch, aber etwas derangiert aus, um nicht zu sagen: etwas irre. Vielleicht hatte er aber auch nur einen schlechten Tag gehabt. Eine schöne Frau mit Liebeskummer also. Diese Welt ist nicht gerecht, dachte Julio.

Um sie aufzumuntern, hatte er ihr ein Zigarillo angeboten, was sie lachend ablehnte, und mit ihr gewettet, ob der junge Mann kommen würde oder nicht. Einsatz war eine Flasche seines besten Rosé-Weines. Seiner Meinung nach würde der junge Mann nicht kommen, denn junge Soldaten wissen nichts vom Leben und von der wahren Liebe. Sie bleiben im Krieg, auch wenn sie tausend andere Versprechungen machen. So war es bei seinem Vater gewesen und bei seinem Großvater ebenfalls. Es war egal, für wen man kämpfte, immer holte sich der Krieg seine Beute von allen Seiten.

Julio hört ein Auto die Straße heraufkommen und vor seinem Restaurant halten. Hoffentlich sind es keine Gäste. Das wäre Julio, der sich gerade einen neuen Zigarillo angemacht hat, nicht recht. Das Auto fährt wieder weg; Glück gehabt. Allerdings hört Julio nun Schritte, die sich der Veranda nähern und ein junger Mann in weißem Leinenhemd und Jeans kommt auf ihn zu. Eine Flasche teuersten Rosé-Weines wechselt bedauerlicherweise den Besitzer, denn vor ihm steht der Mann vom Bild der jungen Deutschen. Julio spricht nur wenig Englisch und der junge Mann kein Spanisch. So nimmt er ihm einfach seine Tasche ab, ergreift seine Hand und führt in wortlos zu einem kleinen Pfad in Richtung der Klippen. Dort zeigt er nach unten auf den türkisfarbenen Punkt und nickt ihm lächelnd zu. Der junge Mann begreift, lächelt ebenfalls und läuft los. Julio geht zurück und freut sich. So schnell werden sie nicht wiederkommen.

Sara sitzt im Lotussitz auf einer dunklen Steinplatte, die von der Sonne warm und vom Meer glattgespült ist. Sie genießt diesen Platz jeden Tag aufs Neue und zählt die Stunden nicht. Morgens ist sie aufgestanden, hat mit Julio auf der Veranda gefrühstückt und sich dann mit Wasserflasche, Hut und Handtuch auf den Weg gemacht. Die Sonne steht hoch, also wird es Mittag sein. Dieser Platz hat ihr Frieden geschenkt und Zeit zum Nachdenken. Keine Ablenkung, nur Anregung und Ruhe. Die Hitze der Sonne, die kühlende Seeluft, leichter Wind und die Wärme der Steinplatte, gepaart mit der Bewegung des Meeres, einfach perfekt. Perfekt, um über ihr bisheriges Leben, ihre Arbeit, ihre Ängste und Erfahrungen nachzudenken, sich Wünschen hinzugeben und Altes loszulassen. Perfekt auch, um zu überlegen, welche Menschen ihr wichtig sind und welche sie ziehen lassen muss. Da sind Anaram und Amira, die ihr fehlen und die in Afghanistan gerade sehr glücklich sind. Sie denkt an Claas und Mirijam, Kollegen von Ärzte ohne Grenzen, die mit in Afghanistan waren und inzwischen ein Paar sind. Ihre Familie kommt in ihren Gedanken eher selten vor; sie haben sich wenig zu sagen. Sie denkt an Moses, der weiß, wo sie ist, bisher aber nicht gekommen ist. Das wäre auch ein wenig zu verrückt.

Sara hört hinter sich ein Geräusch, dreht sich um und da steht er. Moses, wie eine biblische Halluzination. Sie sagen nichts und sie lädt ihn mit einer stillen Bewegung ein, sich direkt hinter sie zu setzen. Er kommt ganz nah zu ihr und nimmt sie in die Arme. Sie spürt seinen Oberkörper an ihrem Rücken und erschaudert, als seine Arme sie umfassen und er seinen Kopf neben ihren hält, ihren Hals zur Begrüßung küsst.

Beide sagen nichts. Sie weiß, dass er für sie Urlaub genommen haben und tausend Kilometer gereist sein muss, um sie im Arm zu halten und er weiß, dass sie ihn hier haben will, denn sonst hätte sie ihm diesen Ort nicht verraten. Sie wissen wenig voneinander, nur was Sara in ihrem Vortrag vor einem Monat in Berlin über ihre Erfahrungen in Afghanistan öffentlich erzählt hatte und was sie im Foyer voneinander mitbekamen, beim Kaffee und am Feuerlöscher. Trotzdem haben sie offenbar so eine starke Verbindung zueinander gespürt, dass sie ihn spontan an ihren Seelenort einlud und er ihr folgte.

Sara und Moses sitzen zwei oder mehr Stunden beieinander, eng umschlungen und wortlos. Sie küssen sich und schauen sich an. Er zählt ihre Sommersprossen und sie saugt seine Nähe auf. „Komm", flüstert sie schließlich und zieht ihn in Richtung Wasser. Sie lässt ihr luftiges Kleid fallen und klettert ins brausende Meer. Moses folgt ihr, entledigt sich seiner Jeans, zieht sein Hemd aus und schließlich finden sie sich im Wasser, umarmen und küssen sich. Lassen sich treiben, schwimmen und halten sich an den Händen, falten ihre Finger ineinander und lachen sich an.

Am späten Nachmittag kommen sie den beschwerlichen Pfad zu Julios Restaurant hochgeklettert. Sein Platz ist leer, denn er ist bereits in der Küche, um das Abendessen vorzubereiten. Auf seinem Stammplatz auf der Veranda stehen zwei Gläser sowie ein Sektkühler mit Eiswürfeln und einer Flasche Rosé. Sara lächelt dankbar und in Siegerlaune greift sie sich die Flasche. „Si, amigo!" flüstert sie und ruft laut: „Muchas gracias, Julio!" Julio kommt aus der Küche geschlurft, schaut die beiden Verliebten an, schenkt ihnen sein runzligstes Lächeln und verschwindet wieder, nachdem er Moses sein Zimmer neben dem von Sara gezeigt hat.

Am Abend sitzen die beiden auf der Veranda. An den Nachbartischen tafeln Julios Freunde aus La Fajana und alle genießen den lauen Abend mit der Nähe des rauschenden Meeres. Moses und Sara stoßen mit ihrem erbeuteten Rosé-Wein an und sie sagt: „Schön, dass Du gekommen bist." Moses strahlt sie an und sagt entschuldigend: „Ja, hat etwas gedauert. Urlaubsantrag und so, tut mir leid." Sara entgegnet: „Nein, ist perfekt. Ich habe den Monat für mich gebraucht, um runterzukommen. Eine Woche, um überhaupt in Ruhe ohne was im Rücken auf der Klippe sitzen zu können, eine Woche, um die Angst freizulassen, eine Woche, um nur Leere zu spüren und eine Woche, um mich auf Dich zu freuen. Du siehst, Du bist just in time."

Moses schaut sie an, verliebt sich mit jedem Wort und mit jeder Geste mehr in Sara und sagt: „Könnte sein, dass ich auch Zeit brauche auf Deiner Klippe. Ich bin so lange weggerannt, durch die halbe Welt und hatte keine Ahnung, wo ich hinsoll mit mir." Sara mustert ihn aufmerksam, sieht einen klugen und sensiblen Mann vor sich, nach dem sie sich, so scheint es, ihr ganzes Leben lang gesehnt hat. „Wenn Du möchtest, dann ist das unsere Klippe, Moses", sagt Sara so einfach und natürlich, dass es Moses fast die Fassung raubt. „Sehr sehr gern, Sara."

Moses ist jetzt sehr nachdenklich und murmelt: „Was für ein Chaos in meinem Kopf." Sie schaut ihn aufmunternd an und entgegnet lapidar: „Normalitätsprinzip."

Moses muss ein offenbar hilfloses Gesicht machen, denn Sara führt weiter aus: „Normale Menschen, normale Reaktion auf unnormale Situation. Die Welt ist verrückt, nicht Du."[7] Moses muss schmunzeln. „Das stimmt … hoffe ich zumindest." Sara schaut ihn an und sagt: „Schlimm wäre, wenn der Krieg Dich nicht betroffen machen würde. Ich habe auch lange damit gerungen zu akzeptieren, dass ich noch lebe und die anderen im Bombenhagel gestorben sind. Irgendwann, ich glaube letzte Woche Donnerstag, hat es dann klick gemacht und ich habe mich nur noch drüber gefreut, dass Anaram, Amira und ich überlebt haben." Moses fragt nachdenklich: „Was ist denn mit Anarams Vater passiert?" „Er wurde bei der Bombardierung getötet, war aber vorher schon im Sterben." Beide schweigen nachdenklich, bis Sara nachschiebt: „Aus heutiger Sicht ein Segen für Anaram und Amira." Moses entgegnet: „Er hat mich mit einer Waffe bedroht, während ich sein Kind gerettet habe. Ich habe mir fast in die Hose gemacht vor Angst." Sara schaut ihn schweigend an, diesen tiefgründigen Mann, der zu ihr gereist ist. Sie ergreift seine Hände und sagt „Du hast das toll gemacht. Sie ist so ein wunderbares Wesen."

Der Abend wird noch lang. Spanische Gesänge erschallen, Lachen mischt sich mit lauten Geschichten und schließlich werden die beiden zu den Einheimischen eingeladen. Sie sitzen nebeneinander, händchenhaltend und verliebt wie zwei Teenager.

Ab und an geht Moses zur Seite und schaut still raus aufs Meer, Sara beobachtet ihn dann und freut sich auf diesen Mann, der offenbar gern für andere Menschen da ist, so wie auch sie bis zur Selbstaufgabe gearbeitet hat, und nun sein Päckchen trägt. Schließlich geht sie in einem dieser Momente zu ihm, schmiegt sich von hinten an ihn, umarmt, küsst seinen Nacken und sagt: „Komm mit Moses, bring mich ins Bett."

Döner mit alles

*Dies alles nahm sein Ende in dem großen Kriege, der jahre-
lang die Welt so furchtbar verwüstete und zwischen dessen
Trümmern wir noch stehen, betäubt von seinem Lärm, erbit-
tert von seinem Unsinn und krank von seinen Blutströmen,
die durch all unsere Träume rinnen.*

Hermann Hesse[8]

Frank „Keule" Kennert sitzt auf seiner Couch und
starrt vor sich hin. Das tut er oft, eigentlich immer.
Aber heute ist etwas anders, denn eben hat Moses
angerufen und ihm gesagt, dass dieses Kind in Afghanistan lebt. Gut zehn Jahre ist das her, sie muss
heute ein Teenager sein. Sie hatten sie damals nach
einem Gefecht mit Taliban gefunden. Moses behan-
delte sie und rettete ihr damit offenbar das Leben.
Keule denkt noch oft an diese Situation. Täglich. Sie
verfolgt ihn, als eine von vielen Erinnerungen an
seinen ISAF-Einsatz in Afghanistan. Krieg an sich
ist schon schwer auszuhalten, aber dieses verletzte
Kind hat ihn fast den Verstand gekostet. Sie war am
Hals grauenhaft zugerichtet. Moses hatte ohne zu
zögern ihre Wunde behandelt, genäht und verbunden. Währenddessen wurden sie von Taliban be-
dröht, die ihnen gegenüberstanden und Keule konnte ihren Hass riechen. Überhaupt, riechen machte
ihn seitdem fertig. Das Blut des Kindes, seine ver-
keimte Ausrüstung, jeder Geruch war ihm inzwischen zuwider und zerrte unerwünschte Emotionen

in seinen Körper. Nur auf seiner Couch hatte er einigermaßen die Kontrolle über die ihn umgebenden Gerüche. Der Gang zur Tankstelle war schwierig, aber alltäglich und damit planbar. Dabei kam er immer an einer Dönerbude vorbei, aus der es seltsam roch. Rational wusste er, dass es verführerisch nach ‚Döner mit alles‘ roch, emotional roch es nach verbranntem Fleisch und der Dönerspieß weckte in ihm Erinnerungen an den verbrannten Oberschenkel eines Kriegsopfers am afghanischen Straßenrand. Nicht sehr appetitlich. Umsatz war mit ihm hier nicht zu machen. Keule war noch nie in diesen Laden hineingegangen. Zu groß war seine Angst, von seinen Erinnerungen überwältigt zu werden.

Keule sitzt immer noch auf seiner Couch und denkt darüber nach, was Moses ihm ins Telefon geschrien hatte: Dass das Kind lebt und er aus seiner Höhle rauskommen soll. Das sagt sich so einfach. Aber vielleicht war das ein Zeichen, dass er heute doch mal in Bewegung kommen sollte? Keule steht also auf, zieht seine Jacke an, nimmt Geld, Mobiltelefon, Schlüssel mit und tritt ins Sonnenlicht. Die Jacke ist viel zu warm für diesen sonnigen Tag, aber er trägt nur diese eine Jacke, Sommers wie Winters.

Er trottet Richtung Tankstelle, am Park vorbei und schaut auf die Bank. Die ‚Bank des sexuellen Scheiterns‘, wie er sie inzwischen nennt, denn hier hatte er sich vor einigen Jahren mit einer Frau verabredet, war dann aber wieder gegangen, bevor sie kam. In einem Anfall von Einsamkeit wollte er sie viele Monate später doch noch anrufen, hatte sich aber nicht getraut. Am Jahrestag ihres nicht stattgefundenen Dates war er wieder zu der Bank gegangen, aber sie war natürlich nicht gekommen. Das Jahr darauf nicht und auch das Jahr darauf nicht. Irgendwann hatte er es dann aufgegeben. Die Bank ist heute leer, so wie meistens. Sein Blick geht nun zum Dönerladen und Keule hält inne. Er steht allein auf der Straße, schaut auf den Laden und tut einige Minuten nichts, außer auf die Dönerbude zu starren. Es arbeitet in ihm und er kämpft gegen Bilder, Gerüche, Gefühle und seine Depression.

Es geht nicht um Hunger oder Appetit, es geht nur darum, einen neuen Schritt zu wagen, um nicht einsam irre zu werden. Keule setzt sich schließlich langsam in Bewegung und geht auf den Laden zu. Er tritt ein und befindet sich unmittelbar darauf in einer intensiven Geruchswolke aus warmem Fleisch, frischen Zwiebeln, Bratendunst, Frittierfett und Knoblauch, die über ihm zusammenschlägt. Zwei Männer hinter dem Tresen schauen ihn mit dicken Bäuchen und lustig blitzenden Augen erwartungsvoll an, ansonsten ist der Laden leer. Über den beiden prangt auf zwei Quadratmetern die Speisekarte mit zu viel Information für Keules Kopf. Er stiert auf die Karte und schließlich auf die beiden Männer, die ihn immer noch freundlich mustern. Stille tritt ein und auf Keule lastet der Druck, etwas sagen zu müssen. Er schaut sich hilflos um und erkennt aus dem Augenwinkel etwas ihm sehr Bekanntes, ein Symbol, das in seinem Kopf Dämme brechen lässt und ihn mobil macht. Seine Gedanken flitzen hin und her, die Lebensgeister kehren zu ihm zurück und auch weiß er plötzlich, was er bestellen möchte und so platzt es laut und unvermittelt aus ihm heraus: „EINMAL DÖNER MIT ALLES!!" Die beiden Männer zucken zusammen und setzen sich dann in Bewegung. „Einmal Döner mit alles. Alles klar, Chef." Das Dönermesser wird gewetzt, Fladenbrot geröstet, Tomaten und Salat werden erwartungsvoll hin und her geschoben. Keule schaut sich derweil um und nimmt nun erst all die Dinge bewusst wahr, die im Gastraum hängen und die ihm bereits unterbewusst Vertrautheit vermittelt hatten: Fotos aus dem Kosovo, ein kleiner KFOR-Wimpel, ein Foto mit der deutschen Flagge in einem Feldlager, Feldjäger mit Kindern am Straßenrand, Porträts von Soldaten in Bundeswehr-Uniform.

Keule erkennt einen der beiden Männer hinter dem Tresen auf mehreren Bildern, damals hatte er mehr Haare und keinen Bauch, aber schon seine lustig blitzenden Augen. Keule schaut gedankenversunken auf die Devotionalien, während sein Döner produziert wird. Ein fröhliches „Döner ist fertig, Chef!" weckt ihn und er geht zum Tresen, um seinen eingepackten Döner abzuholen. Er starrt den ehemaligen Soldaten an und sagt. „ISAF!". Der schaut ihn fragend an und antwortet: „Fünfachzig bitte." Keule antwortet: „Ich war in Afghanistan" und dann treffen sich ihre Blicke für einen Moment und der Mann mit den lustigen Augen schaut in Keules gehetzte Seele. „Setz Dich, Bruder. Setz dich!" sagt er, während er hinter dem Tresen hervorkommt. Dabei ruft er seinem Kollegen etwas zu, das Keule nicht versteht. Daraufhin wird der Döner wieder einkassiert, ausgepackt, liebevoll auf einem Teller drapiert und ein grüner Tee wird zusätzlich gebracht. Der Mann stellt sich als Murat vor, war als Feldjäger im Kosovo und hat danach diesen Laden hier eröffnet. Er zeigt dem schweigsamen Keule alle Bilder, erklärt und berichtet stolz. Plötzlich geht die Tür auf und eine Menschentraube kommt lärmend herein. Keule erwartet, dass nun Angst in ihm hochsteigen müsste, aber sie kommt nicht, nur ein wenig Bedauern, dass sie nun nicht mehr allein sind. Er sitzt am Tisch und spürt Hunger, Hunger auf ‚Döner mit alles‘ und legt los. Murat lächelt, geht zum Tresen und schaut zufrieden auf den kauenden Veteranen.

Als die lärmenden Menschen ihre Bestellungen bekommen haben, kommt Murat wieder zu Keule. „Und Du warst in Afghanistan?“ „Ja, ich war in Afghanistan, Murat. Das war echt krass.“ „Willst Du was erzählen?“, fragt Murat und Keule nickt. „Ja, erst heute habe ich erfahren, dass wir damals ein kleines Kind gerettet haben. Da war ein Gefecht in einem Dorf und wir da rein. Unser Zugführer hat mich, noch einen Falli und einen Sani mitgenommen. Wir waren mitten drin in dem Talibandorf. Um uns rum alles voll mit Taliban und der Sani hat in aller Seelenruhe das Kind mitten auf der Straße zusammengeflickt, kannst Du Dir das vorstellen? Und das Kind hat überlebt! Das hat er mir heute erzählt.“ Keule lacht, strahlt über das ganze Gesicht und Murat hat sowieso lustige Augen und freut sich mit Keule, dass sie etwas Gutes bewirkt haben, etwas Greifbares, etwas Messbares, etwas Erzählbares, etwas auf das sie stolz sein können. Das sei der perfekte Moment für einen Raki, findet Murat und bringt seinen besten türkischen Schnaps, den ihm sein Großvater regelmäßig aus der Türkei schickt, selbstgebrannt und nur für gute Freunde und besondere Anlässe. Es wird ein ausgelassener Abend und Keule kann sich das erste Mal seit Jahren wirklich entspannen. Er lernt Murats Familie kennen, sie essen gemeinsam zu Abend im Restaurant und auch Murat erzählt spätabends vom Kosovo, von seinen Patrouillen, dem Wachdienst an einem orthodoxen Kloster im Niemandsland, dem Grauen der Massengräber und der Kameradschaft, die ihn das alles irgendwie ertragen und schließlich verdrängen ließ. An den Augen von Murats Frau kann Keule erkennen, dass er das vorher wohl noch nie erzählt hat.

Spät in der Nacht verlässt Keule den Laden, umarmt Murat zum Abschied, verspricht wiederzukommen und blickt beim Rausgehen auf den bis zur Unkenntlichkeit heruntergeschnittenen Dönerspieß. Ein Dönerspieß, nur ein verdammter Dönerspieß. Nichts weiter.

Lochlogik

Meiner Meinung nach ist Militär in einem Konflikt wie in Afghanistan nicht besonders hilfreich.

Gerhard Frese[9]

Moses erwacht neben seiner zukünftigen Ehefrau im sonnigen Pensionszimmer in La Fajana. Die Kaffeefrau wird in einigen Sekunden ebenfalls erwachen, als sie seine Hand an ihrer nackten Hüfte spürt und er sie zärtlich streichelt. Sie wird die Bettdecke so zurechtziehen, dass sie möglichst viel von seiner Haut spürt. Die beiden heiraten drei Jahre später, bekommen zwei Kinder und werden ein glückliches Leben führen. Die Hochzeitsfeier wird sehr speziell sein, da nicht nur ihre Familien, sondern auch ihre Freunde aufeinandertreffen werden. Zwei Welten: Soldaten und Aktive von Ärzte ohne Grenzen. Es wird ein ausgelassenes Fest, trotz aller Unterschiede. Aber davon wissen die beiden heute natürlich noch nichts.

„Guten Morgen", flüstert Moses Sara küssend an den Hals. „Guten Morgen", antwortet sie verschlafen, zieht ihn näher an sich und genießt seine kühlende Wärme. Sie kuscheln sich nach durchliebter Nacht aneinander. Sara setzt sich schließlich auf, trinkt etwas Mineralwasser und sagt: „Darf ich Dich was fragen, Moses?" „Klar", antwortet dieser. „Warum bist Du zum Militär gegangen? Du bist doch eigentlich gar nicht so." Moses stützt sich seitlich mit

dem Unterarm auf und fragt: „Was meinst Du?"
„Na, Du bist weder aggressiv, noch sonst irgendwie
ein martialischer Krieger. Du bist eher emotional,
kommunikativ und sympathisch. Wie kommt jemand
wie Du zum Militär? Das frage ich mich schon die
ganze Zeit." Moses überlegt kurz. „Kennst Du die
Lochlogik?", beginnt er. Sara dreht sich zu ihm um
und schaut ihn schelmisch an. „Lochlogik? Jetzt wird
es interessant. Ich bin ganz Ohr." Moses beginnt
ebenso grinsend: „Also die Lochlogik geht davon
aus, dass das Leben auf der Welt nicht ganz perfekt
ist und dass es neben all den perfekten Dingen auch
unperfekte Dinge gibt. Klar soweit?" Sara schaut ihn
belustigt an und sagt: „Ja, bisher kann ich gerade
noch folgen." „Also, man kann sich die perfekten
Dinge als große und schöne Flächen vorstellen, die
bunt schillern, kleine Wellen schlagen und in sich
ruhen. Die unperfekten Dinge sind Störungen in
diesen Flächen; Risse und Löcher. Auf all dem sind
Menschen verteilt. Manche leben ihr ganzes Leben
auf einer perfekten Fläche, andere ihr ganzes Leben
in einem Loch und andere an Rändern von Löchern.
Die meisten Menschen verharren in dem, was sie
von Anfang an sind, aber einige wandern auch zwischen den Ebenen und den Löchern. Einige wenige
Menschen versuchen, die Löcher und Risse zu
schließen, weil sie denken, dass es für alle auf der
Ebene schöner wäre. Ich wollte immer einer sein,
der diese Löcher schließt." Sara schaut ihn spöttisch
lächelnd an: „Also ein Loch-Zumacher."

Moses spürt, dass jetzt ein kluger Einwand kommen wird und fürchtet, dass er keine geeignete Antwort darauf haben wird. „Was passiert mit den Menschen in den Löchern, wenn Du sie zumachst?", will Sara nun allen Ernstes wissen. Da war er, der kluge Einwand und Moses hatte keine Antwort darauf. „Was ist mit den Menschen, denen es vielleicht in ihrem kuschligen und unperfekten Loch gut gefällt?" „Es ist ja nur ein Gedankenspiel", versucht Moses, seinen Kopf aus der selbst ausgelegten Schlinge zu ziehen. „Wie viele Frauen hast Du denn schon mit Deiner Lochphilosophie rumbekommen?", will Sara von ihm wissen. Moses wird rot und murmelt: „Ähm nein, keine." Und nach kurzem Überlegen fragt er: „Warum bist Du denn Krankenschwester gewor-den?" „So generell oder in Deiner Lochlogik ver-bleibend?", fragt sie flirtend. Ohne eine Antwort abzuwarten, fügt sie ernst hinzu, und dieser Wechsel zwischen Flirt und Ernsthaftigkeit hat eine sehr ero-tische Wirkung auf Moses: „Ich bin immer gut da-mit gefahren, solche Löcher, wie Du sie nennst, zu respektieren und den Menschen darin zu helfen. Manche nehmen ihre Löcher gar nicht als solche wahr und für manche ist Deine schillernde Hoch-ebene auch gar nicht erstrebenswert. Nein, was ich vorhin meinte, ist dieses Gewalt-Ding. Warum willst Du Teil von dieser Gewaltmaschinerie Militär sein, Moses. Warum Du?"

Moses überlegt lange und Sara gibt ihm die Zeit. Schließlich sagt er, mit Traurigkeit in seiner Stimme: „Weil manche Dinge nur mit Gewalt zu lösen sind und ich keiner bin, der nur zusehen will."

Sara denkt ebenso lange über seine offenbar sehr ehrliche Antwort nach. „Glaubst Du, dass Eure Gewalt in Afghanistan irgendwas zum Guten gewandelt hat?", will sie wissen und Moses hört daraus keine Anklage, sondern die ernst gemeinte Frage einer Frau, die von dieser Gewalt in Kunduz fast getötet wurde. „Ja, das glaube ich" und er fügt leise hinzu: „Für eine Weile zumindest." Moses begründet das nicht weiter und Sara bohrt nicht weiter nach. Nach einer kurzen Pause mit weiteren Küssen und Streicheleinheiten fragt Moses „Warum hast Du so ein Problem mit Militär? Warum lehnst Du das so ab?"

Sara rollt sich auf den Rücken und starrt an die weiß gestrichene Betondecke. „Ich lehne das nicht grundsätzlich ab, aber mich stört einerseits dieses Gewaltding und andererseits irritiert mich dieses ganze Gedöns um Vaterland und Nationalstaatlichkeit. Ich kann damit einfach nichts anfangen, ich finde das unkomplex und überholt. Das heißt nicht, dass ich das alles ablehne, aber ich glaube einfach mehr an andere Dinge." Moses hört gespannt zu und Sara spricht weiter: „Schau, mein Papa stammt aus Bayern und meine Mama aus dem Nordosten, Greifswald. Meine Oma mütterlicherseits hat in Moskau noch Marxismus-Leninismus studiert, mein Papa hatte im Sommerurlaub auf Malle eine Affäre und mir damit einen spanischen Halbbruder geschenkt. Ich bin in Berlin zur Schule gegangen und war zu einem Auslandsjahr in Finnland. Mein erster Freund, denn Du bist nicht der erste Mann in meinem Leben, wohnt in Frankreich und ist mit einer wunderbaren Frau mit marokkanischen Wurzeln verheiratet.

Auf meiner Intensivstation in Berlin habe ich Kollegen aus Deutschland, Polen, der Slowakei und wenn ich die deutschen Kolleginnen und Kollegen noch in zweiter Generation stigmatisieren wollte, kämen noch Italien, Türkei, Griechenland und Indien dazu. Alle von denen sind mir wichtig und ich würde da keinerlei Abstriche machen. Wenn ich für irgendwas sterben müsste, dann bitte für sowas wie Liebe, Humanität, Demokratie und Freiheit, von mir aus noch Europa, wenn es unbedingt was Territoriales sein muss. Ich bin mit Ärzte ohne Grenzen in Haiti, Syrien und in Afghanistan gewesen und immer war die Sicherheitslage das größte Problem. Immer ging es am Ende nur darum, wer auf wessen Stück Land leben darf, wer welche Quelle nutzen darf und wer zu wem gehört. Dann schaue ich mir die nationalen Grenzverläufe an, die oft vor zwei- oder dreihundert Jahren mit Willkür und Gewalt von Kolonialisten gezogen wurden und wundere mich nur, dass es nicht noch mehr Mord und Totschlag gibt." Moses schaut sie mit großen Augen an und ist sprachlos. Sara zieht ihn auf: „Das ist süß. Ich kann Dir beim Denken zuschauen" und fährt erbarmungslos fort: „Ich sehe das eher globaler und im Sinne supranationaler Strukturen: EU, UNO, NATO, WTO, BRICS, G20. Das sind Dinge, die uns beschäftigen müssen und die wir mitgestalten und demokratischer formen sollten. Ich meine, der Globus ist am Dampfen und es ist für das Überleben der Menschheit völlig irrelevant, ob sich die Katalanen von Spanien abspalten oder wo genau die Grenze zwischen Japan und Russland verläuft. Das bindet Aufmerksamkeit und es ist für die Menschheit nicht wichtig. Die militärische

Logik greift in der Sicherheitspolitik; im Hier und Jetzt. Das ist Fakt und in einem Krieg muss man sich ehrlich machen, auf welcher Seite man steht. Das verstehe ich und das akzeptiere ich. Aber die Friedenslogik muss genauso wichtig sein, damit wir alle eine Zukunft haben. Schau Dir an, was die NATO und speziell die USA an Waffen und Geld nach Afghanistan gepumpt haben. Da wird einem schwindlig und es ist völlig klar, dass diese Waffen über Jahrzehnte in Afghanistan oder anderen Konflikten eine Rolle spielen werden. Auch darüber muss man ehrlich sprechen." Moses schaut die Kaffeefrau lange und nachdenklich an. Bevor sie weiterreden kann, gibt er ihr einen Kuss und sagt: „Ich liebe Dich." Sara lacht und küsst ihn auch.

„Was hätte man denn in einem Land wie Afghanistan anders machen sollen? Weiter zuschauen, wie Al-Qaida und Taliban gemeinsame Sache machen?", fragt Moses und die Kaffeefrau antwortet: „Nein, aus meiner Sicht nicht. Aber entweder hätte man sich auf das Militärische beschränkt, hätte Osama bin Laden zur Strecke gebracht, die Taliban verjagt und wäre wieder heimgegangen oder hätte dieses Nation Building einfach ernsthafter, ehrlicher und langfristiger betreiben müssen." Moses dreht sich nun auf den Rücken und starrt an die Decke. „Hm, hat irgendwie beides nicht so richtig funktioniert", sagt er und dreht den Kopf zu Sara. „Aber immerhin hat 9/11 am Ende dazu geführt, dass ich Dich kennengelernt habe, Du wunderbare Frau." Sara muss nun lächeln und dreht sich zu Moses.

„Mehr Geduld", sagt sie und Moses schaut sie fragend an. Sara fährt fort: „Wie in der Liebe, Moses. Man hätte in Afghanistan einfach mehr Geduld mit den Menschen haben müssen. Geduld haben und erkennen, was wachsen kann und was nicht. Krieg bricht immer dann aus, wenn die Mächtigen die Geduld verlieren."

Die beiden schauen sich lange in die Augen und Sara spürt, dass Moses noch etwas auf dem Herzen hat. Schließlich erzählt er ihr von seiner Freundin Jenny, die vor nunmehr über zehn Jahren in Afghanistan gefallen war. Sara hatte das damals in Zeitungen und im Fernsehen mitbekommen und erinnert sich dunkel, wusste aber natürlich nichts von seiner persönlichen Betroffenheit.

Moses erzählt und erzählt. Sara hört zu, streichelt seinen Kopf und küsst seine Tränen weg. Als er von seinem inneren Loch erzählt, welches die Liebe zu Jenny in seinem Herzen hinterlassen hatte, müssen beide unter Tränen schmunzeln und kuscheln sich eng aneinander. „Verrückt das alles", murmelt Moses. Sara küsst ihn auf die Stirn und entgegnet: „Loch-Zumacher, lass uns aufstehen. Die Sonne lacht und ich habe Hunger."

Die Reise

Es ist in Afghanistan praktisch unmöglich, Zivilisten von bewaffneten Kämpfern zu unterscheiden. Jeder, der das Gegenteil behauptet, lügt. Wir haben jahrelang Menschen getötet, ohne ihre Identitäten zu kennen.

Lisa Ling, Veteranin des US-Drohnenprogramms[10]

Arbaz sitzt auf einem Motorrad, welches nicht ihm gehört. Er ist ein afghanischer Mann mittleren Alters, der früher hier wohnte, aber lange nicht mehr in seinem Dorf war. Der Motor tuckert ungleichmäßig, aber zuverlässig. Er steht versonnen mitten auf einer schmalen Straße zwischen bewohnten Höfen und vor den Trümmern zweier Häuser. Die Trümmerberge wurden in den letzten fünf Jahren etwas kleiner; immer dann, wenn sich Nachbarn Baumaterial für ihre Höfe holten. Eines der Häuser gehörte früher Arbaz, das andere seinem Nachbarn Hamid.

Beide wurden damals binnen einer Woche in einen gewaltvollen Strudel gerissen, an dessen Grund beide Familien vollständig ausgelöscht waren und nur Arbaz übrigblieb. Von Glück möchte Arbaz in diesem Zusammenhang nicht sprechen. Vielmehr war sein Leben seitdem eine Hölle aus Entwurzelung, vernichteter Existenz, Sinnsuche sowie Sehnen nach Genugtuung und Vergeltung, die ihm der Ehrenkodex Paschtunwali hier im afghanischen Norden versprach und abforderte.

Aber das war gar nicht so einfach, denn die zu sühnenden Taten waren vielfältig und die Schuldigen mächtig.

Ein IED der Taliban hatte seinen Freund Hamid schwer verletzt, deutsche Soldaten hatten ihnen nicht geholfen, sodass Hamid wenig später starb. Eine marodierende Bande von Verbündeten der Taliban hatte die Familie seines Nachbarn gefoltert und war zur Zielscheibe eines US-amerikanischen Drohnenangriffs geworden. Dieser Angriff hatte auch sein Haus und seine Familie ausgelöscht und dies war kein Einzelfall gewesen. Bewaffnete Drohnen hörten sie regelmäßig über sich kreisen und sie verbreiteten Angst und Schrecken. Es schien egal, was man tat, immer konnte eine Drohne einen dabei beobachten und immer wieder griffen diese Drohnen Menschen in Situationen an, die ungewöhnlich schienen, es aber oftmals nicht waren. So fanden über Jahre hinweg alle täglichen Verrichtungen im Bewusstsein statt, dass ohne Vorwarnung und ohne erkennbaren Grund das tödliche Ende kommen konnte.[11]

Um Rache zu nehmen, musste er sich also mit den Taliban und den Ungläubigen gleichermaßen anlegen. Das war etwas viel für einen einfachen Mann wie Arbaz. Aber nach fünf langen Jahren, in denen er sich als Tagelöhner in Kunduz ehrlos durchgeschlagen hatte, war ihm nun endlich ein Weg offenbart worden, der die Suche nach Widerherstellung seiner Ehre krönen sollte.

Arbaz war nun Teil eines größeren Plans geworden, Teil einer neuen Familie von Rechtgläubigen und Teil einer Idee neuer islamischer Staatlichkeit hier in Afghanistan[12]. Einer radikalen Idee, die sich für ihn so rein und klar anhörte, dass er all seine religiösen und sozialen Vorstellungen darin verwirklicht sah und die ihm dazu noch seine Rache schenkte. Die Idee wurzelte im wahren Glauben, aber auch in entfesselter Gewalt und brutaler Gegengewalt. Dieses Prinzip war weder ihm noch seinen Gegnern fremd und so lag alles klar vor ihm.

Ihm ist bewusst, dass eine gefährliche Reise vor ihm liegt und so ist es vielleicht der letzte Moment, in dem er in Frieden und innerer Ruhe an seine Frau Sahraa und seine Kinder denken kann, die unter den Trümmern vor ihm starben. Er nimmt innerlich Abschied von ihnen und auch von seinen Nachbarn Hamid und Zhamana. Wie glücklich waren sie hier und in was für eine Hölle war er unverschuldet gestoßen worden. Arbaz spürt den schweren Rucksack, den er nun ins ferne Kabul bringen soll. Er weiß genau, was er transportiert und er ist sehr stolz darauf. Es ist seine Rache und es ist sein Beitrag, die Ungläubigen ein letztes Mal zu bekämpfen und die Taliban ein weiteres Mal in ihrer Unfähigkeit bloßzustellen, Afghanistan zu beherrschen. Alles andere liegt nicht mehr in seiner Hand. Diese Reise könnte sein Ende auf Erden, aber auch ein neuer Anfang sein. Beides ist ihm recht. Nur so weiterleben wie bisher kann er nicht. Ein besseres Leben in Kabul? Warum nicht. Die Verheißungen des Märtyrertodes? Sehr gern.

Er schaut nicht zurück und folgt den kleinen Pfaden und Wegen abseits der Checkpoints. Er wird dabei immer von seinen neuen Brüdern begleitet. Ständig sind ein bis drei Begleiter bei ihm, die ihn von Tal zu Tal führen und dann von anderen abgelöst werden. Sie pausieren nur, um zu beten, zu essen oder kurz zu ruhen. Keiner spricht über seine Fracht, denn alle wissen, dass eine solche Reise zu wichtig ist, um sie mit Fragen in Frage zu stellen. Arbaz fühlt sich beschützt, behütet und beachtet. Er wähnt sich auf einer religiösen Reise in ein neues Leben voller Verheißungen. Ihm entgeht dabei, dass es vorrangig um Kontrolle geht, damit er auf seinem vorgezeichneten Pfad bleibt und keine eigenen Wege geht.

Schließlich erreicht er nach sieben langen Tagen wohlbehalten den Norden Kabuls und biegt erschöpft und sehr zufrieden mit seinem Motorrad und zwei Begleitern in ein Compound ein. Der Empfang durch seine bis dahin unbekannten Brüder in Kabul ist ehrenvoll und voller Respekt. Sie gewähren ihm ein Nachtquartier, teilen ihr Essen, so wie es die Gastfreundschaft verlangt. Arbaz erzählt voller Stolz von seiner Reise und genießt die gemeinsamen Gebete. In einem der Gespräche wird er nach seiner Familie gefragt und als er seine ganze Tragödie ausbreitet, erntet er viel Zustimmung, Anerkennung und Anteilnahme. Einer der Männer erzählt ihm von seinen Töchtern und dass es ihm eine Ehre wäre, seine älteste Tochter in seiner Obhut zu wissen. Arbaz weiß nicht, wie er sich eine Hochzeit und eine neue Familie leisten soll, aber seine Bedenken werden zerstreut, denn in ihrer neuen Welt würden sie mit all den überkommenen Vorstellungen, der Korruption und auch mit den überteuerten Hochzeiten aufräumen. Er solle als ehrenvoller und stolzer Gläubiger in ihrem islamischen Staat leben können.

Er hört sich all das staunend an, möchte es gern glauben und hat das erste Mal seit Jahren Hoffnung auf eine bessere Zukunft.

Arbaz hat keine Zweifel. Alles fühlt sich richtig an, denn die Dinge wenden sich für ihn, aus völliger Mut- und Trostlosigkeit kommend, zu einem neuen Leben in einer Gemeinschaft, die ihm Aufgaben gibt, an denen er wachsen kann, die ihn versorgt und die ihn mit ihrem Glauben auffängt. Arbaz taucht ein in diese Gemeinschaft, die nun seine neue Familie ist, auch wenn er sich erst daran gewöhnen muss, dass er nicht mehr das Familienoberhaupt ist und selbst nichts zu entscheiden hat. Aber er spürt die Geborgenheit und die Ernsthaftigkeit, mit der die Bedeutung des hart kämpfenden Mannes und des wahren Glaubens herausgestellt wird. Die Weisungen des Koran werden kompromisslos interpretiert und die Regeln des Paschtunwali ergänzen sie auf wunderbar harmonische Weise. Arbaz beginnt ein neues Leben für die Gemeinschaft des ISIS-K.

Lochkoppel

Jeder, der nach Afghanistan geht, mutet denen, die ihn lieben, genauso viel Krieg zu wie sich selbst.

Jonathan Schnitt[13]

Der Innenraum des koreanischen Kleinwagens stinkt nach getrockneter Kotze fremder Kinder und alten Duftbäumen, aber Kovac konnte nicht wählerisch sein. Nach seinem Rausschmiss von daheim blieb sein deutscher Kombi der Kinder wegen in Verfügungsgewalt seiner Noch-Ehefrau Jana. Da Kovac irgendwie zur Kaserne im Niemandsland kommen muss, wurde die Kaufentscheidung über den geringsten Preis und den längsten TÜV getroffen, immerhin noch vier Monate. Kovac sitzt nun in diesem Kleinwagen und starrt auf das große, verklinkerte Bürogebäude vor sich. Sein Auto steht mitten auf dem Parkplatz vor dem Jugendamt. Laut dröhnt der Song „*Burn Your Crosses*" von Sabaton mit flirrendem Gitarrensolo über die Gottlosigkeit des Krieges aus dem Kleinwagen und Kovac spürt, dass der Eiskratzer in der Ablage der Beifahrertür durch den Bass vibriert. Das nervt ein wenig, aber er ist zu sehr mit sich selbst beschäftigt, um den Eiskratzer anders zu platzieren. Er ist vollkommen in sich zurückgezogen; keinerlei Mimik oder Bewegung. Die ideale Haltung, um energiesparend den Zumutungen der Realität zu trotzen.

Kovac sieht zwei Krankenwagen vor dem Gebäude vorfahren. Einen kann er sich erklären, den anderen nicht. Die beiden Zufahrten zum Parkplatz werden seit einigen Minuten von zwei Streifenwagen der Polizei blockiert. Wenige Augenblicke später kommen auch noch die Feldjäger im Doppelpack, war ja klar. Die Boxen der Musikanlage sind erbärmlich und liefern nur musikähnliche Geräusche. Seine Musikauswahl macht es nicht einfacher und so wummert nun der fahrige Heavy-Metal-Song *„Screaming Eagles"* von Sabaton dumpf gegen die Autofenster:

„Go to Bastogne, the crossroads must hold
Stand, alone in the cold
Dig your own foxholes or dig your own grave
The storm is about to begin …"[14]

Die Musik brüllt aus den jämmerlichen Boxen und Kovac leidet innerlich mit den amerikanischen Fallschirmjägern der 101. Airborne in Belgien, im kalten Dezember 1944 bei Bastogne, deren Heldenmut und Durchhaltewille hier martialisch verherrlicht wird. Nicht aufgeben, egal was passiert, wie hoffnungslos die Lage und wie kalt es ist. So wie Fallschirmjäger das eben machen. Der harte Rhythmus des Liedes hallt in Kovac wider und passt gut zu seinen aufgewühlten Gedanken.

Der Vormittag im Jugendamt war eskaliert und Kovac weiß, dass er nun endgültig zu weit gegangen ist. Das Umgangsrecht für seine Kinder und auch das Sorgerecht ist er wohl heute losgeworden. Der Ficus der Sachbearbeiterin wurde gerupft, die Erde im Büro und auf der Sachbearbeiterin verteilt. Sie war nicht glücklich darüber gewesen. Auch ihre Sammlung vermutlich witziger Tassen hatte seiner Wut nur teilweise standgehalten. Die Sachbearbeiterin hatte sich seine Beschimpfungen und Drohungen anhören müssen und rief schließlich den Sicherheitsdienst. Der arme Kerl bezahlte seinen mutigen Einsatz mit einer gebrochenen Nase, was Kovac bereits jetzt leidtat und einen der beiden Krankenwagen erklärte. Kovac hofft, dass er nicht unbeabsichtigt noch jemanden verletzt hat, im schlimmsten Fall Jana oder seine Kinder. Was für ein Ausraster; was für ein Desaster.

Aus einem der beiden Fahrzeuge der Feldjäger steigt jemand aus und Kovac erkennt Caro. Sie trägt Uniform, und kommt auf ihn zu. Letzte Nacht hatten sie Sex auf ihrem Balkon. Seine Probleme hatte das offenbar nicht gelöst. Die Musik wechselt nun zu *„Into the Fire"*, damit zum Vietnamkrieg und den Schrecken des Napalms. Caro macht die Beifahrertür auf und ihr schlägt der scharfe Gestank von Kinderkotze und ungewaschenem Kovac in Kunstfaser entgegen. Sie setzt sich kommentarlos auf den Beifahrersitz und gemeinsam hören sie das Lied zu Ende. Als die letzten Akkorde verklungen sind, dreht sie das Radio leiser und er begrüßt sie „Frau Hauptfeldwebel." und sie antwortet: „Herr Oberstabsgefreiter." Caro ist sehr ernst und fragt: „Kovac, was ist los hier?" Er antwortet unumwunden: „Ich habe Scheiße gebaut." „Das sehe ich. Was ist Deine Version?" „Keine Ahnung, wie siehts denn aus?", fragt Kovac zögerlich und Caro antwortet hart: „Deine

Frau hat mich angerufen, dass ich schnell kommen soll, um mit Dir zu reden. Sie glauben, dass Du Dir was antun willst." Darum also der zweite Krankenwagen. „Ich geh nicht ins Gefängnis, Caro" platzt es aus Kovac heraus.

„Was ist los mit Dir, Kovac?", fragt sie angespannt und als dieser nicht antwortet, zählt sie auf: „Gewalt gegen Deine Frau und gegen Deine Kinder in der Vergangenheit, Sachbeschädigung heute da drin und schwere Körperverletzung gegenüber dem Sicherheitsdienst. Dazu kommt noch sexuelle Beleidigung der Sachbearbeiterin." Da fährt Kovac dazwischen „Hä? Sexuelle Beleidigung? Ich habe sie nicht sexuell beleidigt! Alles andere ja, aber das: Nein!" Caro reagiert genervt. Als ob es darauf jetzt noch ankäme. „Was hast Du denn zu ihr gesagt?" und Kovac antwortet leise: „Ich habe sie eine beschissene Lochkoppel genannt." Caro stutzt kurz, fängt dann an, schallend zu lachen und wiederholt immer wieder prustend „… beschissene Lochkoppel. Haha!!" Ihr kommen schließlich Lachtränen und Kovac schaut sie verstört an. „Ja, weil sie so gar nicht hilfreich war. Weil sie mich einfach gefrustet hat, weil die alt ist und nix kann." Caro fährt atemlos dazwischen: „… und sie hat wegen Loch in Lochkoppel??? Haaaaaaaaah! Ich piss mir ein!!!" Nun muss auch Kovac lachen und vergisst für zwei wunderbare Sekunden seine unglückliche Lage.

„Was machen wir jetzt?" Caro ist wieder ernst, dreht sich zu ihm und schaut ihn direkt an: „Kovac, das geht so nicht weiter. Hier ist heute Endstation für Dich. Bitte, lass Dich ins Krankenhaus einweisen, lass Dir helfen." Kovac mustert sie und sagt: „Ich? In die Klapse? Niemals!" Caro kontert: „Deine Wahl: Wenn Du hier weiter den kriegerischen Affen machst, kassiert Dich die Polizei ein, steckt Dich in U-Haft und Du kommst mit ganz viel Glück mit einer Bewährungsstrafe davon. Wahrscheinlicher sind aber einige Monate Gefängnis, unehrenhafte Entlassung und danach ist keines Deiner Probleme gelöst." Kovac schweigt. Das weiß er alles, aber es von Caro so strukturiert zu hören, ist nochmal etwas Anderes. „Sven, Du bist krank, lass Dir helfen. Wir sind alle für Dich da. Moses, ich, Cluster, Papa Kilo, Jana, selbst Keule wird irgendwas auf die Kette bekommen. Sieh es als weiteren Lehrgang. Du kannst das. Bitte." Kovac denkt kurz nach und fragt verwundert: „Lehrgang?" „Ja, ein Lehrgang. Du hörst mit Deinem Beruhigungsschießen auf, lernst mit Deinen Dämonen umzugehen, lernst was über Dich, bleibst Soldat, gibst nicht auf, kämpfst … für Deine Familie und dieses eine verdammte Mal auch für Dich selbst." Kovac starrt vor sich hin und dreht die Anlage wieder lauter. Jetzt brüllt das hämmernde Intro von „*Ghost Division*", gefolgt von noch mehr hämmernden Schlägen, in den Kleinwagen. Der Text bezieht sich auf die 7. Panzerdivision der Wehrmacht 1940 in Frankreich unter Erwin Rommel und Kovac fragt sich kurz, ob die Musik bei den Feldjägern einen weiteren Minuspunkt geben würde. Caro dreht nach einigen Sekunden genervt die Musik ab.

Beide sitzen nun für einige Minuten schweigend in dem stinkenden Auto und Caro sagt in die enge Stille hinein: „Ein guter Soldat liebt die Seinen und kämpft für sie. Du kämpfst gerade gegen uns alle." Kovac ist unentschlossen. „Ich weiß nicht." „Was weißt Du nicht, Kovac?", fragt Caro leise. „Ich weiß nicht, wie das gehen soll. Ich habe es doch einfach nur verbockt und ich muss dazu stehen." „Ja, und?", fragt sie. „Es ist einfach so viel passiert, Caro. Ich habe völlig die Kontrolle über mein Leben verloren und habe Angst, dass ich sie nie wieder zurückbekomme. Nix passt mehr zueinander, alles löst sich gerade auf und ich habe keine Ahnung, wie ich diesen ganzen Scheiß zusammenhalten soll." „Hast Du mein Buch noch?", fragt Caro und Kovac nickt müde: „Liegt hinten im Kofferraum." Caro steigt aus, geht zum Kofferraum, hebt dabei den erhobenen Daumen in Richtung Feldjäger, kramt im Unrat des kleinen Kofferraums ihr Fotobuch heraus und steigt wieder in den Wagen. Sie blättert langsam die Bilder durch und Kovac schaut ihr zu. „Jeden Tag einen kleinen Schritt. Ich habe meine Bilder gemacht und Du wirst was anderes für Dich finden. Jeden Tag einen Schritt machen und niemals aufhören. Jeden Tag sich neu entscheiden, nicht aufzugeben. Hörst Du? Kann sein, dass Deine Kids Dich jetzt nicht sehen wollen. Aber sie werden größer und auch ihre Sichtweise wird sich ändern." „Ich habe Angst, dass ich die Kriegswut nie wieder loswerde. Und wie soll ich mit dem Horror im Kopf klarkommen? All die Toten und Verwundeten, all das Sterben und Leiden, dass wir gesehen und verursacht haben, was ist damit? Wofür das alles? Wie soll ich damit leben?"

„Gib den Docs eine Chance, Kovac. Bitte." Kovac starrt vor sich hin und will die Musik wieder lauter stellen. Im Display seines Autoradios sieht er den laufenden Titel: „*Sabaton – The Hammer Has Fallen*". ‚Danke für nichts‘, denkt er sarkastisch. ‚Jetzt sind die auch noch gegen mich.‘ Er schaut rüber zu Caro, die den Titel auch sieht und sich ein Grinsen nicht verkneifen kann. Sie nicken sich zunächst fragend, dann zusichernd zu. Kovac atmet tief durch und seine Kameradin sagt: „Absitzen, Oberstabsgefreiter Kovac."

Spast, Alter

„Sie haben im Auftrag und im Namen ihres Vaterlandes am Hindukusch getötet oder sind beinahe getötet worden. Sie sind danach in ihre Heimat zurückgekehrt und waren sich plötzlich nicht mehr sicher, ob diese das überhaupt von ihnen gewollt hatte.

Hauptmann W. [15]

Der Raum wirkt lustlos konstruiert und man sieht ihm die öffentlich ausgeschriebene Bauleistung sowie die routinierte Krankenhausplanung des wirtschaftlichsten Bieters an. Farblich ohne Experimente und in Zurücknahme aller geschmacklichen Statements entfaltet sich eine Mischung aus hellgrauer Tristesse und dunkelgrauer Beliebigkeit. Sie wird kontrastiert durch bunte Zeichnungen, die Patienten in den letzten Jahren in ihren Therapien anfertigten und die in preiswerte Rahmen gepresst bezeugen, in den Augen des medizinischen Personals gut genug gewesen zu sein. Von Sven Kovac wird es eine solche Zeichnung an der Wand nicht geben, denn seine waren auch nach vielen Monaten Therapie unzeigbar geblieben.

Als guter Soldat hatte er jedoch einen anderen Weg gefunden. Kovac fühlt sich nun unwohl in seiner Haut, denn er wird gleich etwas tun, dass er in seinem Leben, und erst recht in seinem Soldatsein, noch nie getan hat. Etwas, dass er bisher eher mit Skepsis und Abwertung betrachtet hat. Etwas, dass ihn angreifbar macht und verletzlich. Etwas, dass ihn emotional exponiert und das auch etwas mit freilassen zu tun hat. Freilassen eigener Ansichten, freilassen eigener Emotionen, Ängste und Befürchtungen. Etwas, das vielleicht auch Unklarheiten und Zwischentöne schafft. Etwas, dass am scharfen Ende deutscher Außenpolitik bisher nicht zu seinen Kernaufgaben zählte. Kovac wird ein Gedicht vortragen, ein selbst geschriebenes, mit Gefühlen, Ansichten, Einsichten in Fehler und doch voller Stolz auf sein eigenes Ich. Es waren lange Monate bis hierher und sie haben ihn viel Kraft gekostet. Seine Ehe ist darüber in die Brüche gegangen und er weiß noch nicht, wie er künftig seinen Kindern in die Augen schauen kann. Er blickt zurück auf ein zerbrochenes Zivilleben und strapazierte Kameradschaft. Schlaflose Nächte, einsame Feiertage, verpasste Geburtstage und bedrückende Familienfeste sind eine immer wiederkehrende Erinnerung an das Scheitern seines zivilen Ichs[16]. Die abgeschlossenen Einsätze in Afghanistan taugen nur noch als Kulisse mit staubigen Fotos, glänzenden Coins und alten Geschichten. Zwischendurch blitzt immer wieder die tödliche Schuld auf, die Kovac in so manchem Gefecht auf sich geladen hat und doch ist dieses Gedicht ein wichtiger Schritt in sein neues Leben. Vielleicht rettet es sogar sein Leben, denn er hat nun etwas geschaffen, mit dem er sich anderen Menschen mitteilen kann und welches er vielleicht ausgedruckt auf den Tisch legen kann, wenn er vor Scham, Trauer und Schmerz nicht in der Lage oder willens ist, selbst zu sprechen.

Auf jeden Fall ist es sein Gedicht, sein Kunstwerk, ungehobelt, direkt und ehrlich, schamlos und dreckig, voller Schmerz und Wut. Er selbst würde es nicht als Gedicht oder Ballade bezeichnen, denn er sieht sich nicht in der Tradition von Goethe und Schiller. Kovac fühlt sich eher Eminems Slim Shady verpflichtet und versteht den Text als Rap, hart und offen. Er hat lange mit sich gerungen und schließlich seinen inneren Widerstand aufgegeben, um sich all sein Unglück von der Seele zu schreiben. An manchen Stellen reimt es sich sogar, dieses Unglück.

SPAST, ALTER

von Sven Kovac

„Spast, du Arsch" so kommst du mir
und ich weiß, dass dies die Form
von Liebe ist, die du verstehst.
Fluch und Härte gibst du mir und
meinst doch: „Schön, dass du noch lebst!"

Der Staub, das Blut, der Druck, der Tod
all das haben wir geteilt.
Zusammen gedient bis in den Tod,
und nur noch ich steh heute hier.

Finger krumm und „Feuer frei!“
Was ein Wahnsinn immer wieder.
Mörser und Raketen
prasseln auf mich nieder.
Lass mir nichts gefallen,
bin zum Kämpfen hier.

„Spast, Alter“ gilt nur mir,
ausgelaugt und ausgebrannt,
schlaflos und zerrissen,
im Süden schuldige Hitze,
nun zerren Dämonen in mir.

Alte Geister, neue Geister
immer schon in mir,
kommen raus, um mich zu schützen
tun es aber nicht.
Sind nun da und gehen nicht,
bleiben hier bei mir.
Wenigstens nun nicht allein.

„Spast, Alter!“
was harte Worte, ungerecht und böse.
Muss das sein? Fragt mich ihr Blick.
„Ja“ schreits in mir. Das muss sein,
auch wenn zerbricht dein
kleines Glück.

Alte Geister, neue Geister
brauchen ständig Futter.
Such mir nun den Druck im Alltag
nehm was mir gerade kommt.

Dein kleines Glück mit mir?
Gutes Futter, gib es mir!
Reiße gierig deine Liebe
aber habe unterschätzt,
wie stark du bist und deine
Liebe in mir.

Alte Geister, neue Geister
haben Angst vor dir.
Du hast schöne Gabionen im Garten
und ich seh zerschossene Hescos vor mir.

Doch du bleibst und zeigst den Geistern,
wer die Macht hat hier,
gibst mir Mut und eines Tages
bin ich der, der
Altern Geistern, neuen Geistern
weist die Tür.

Staunst mich an und merkst erst nicht,
dass nur ich es bin, ohne Geister.
Angekommen, bleibe hier bei dir.
Fluche nur noch, wenn ich will.
Brauch kein Seelenfutter mehr.

Alte Geister, neue Geister
sind nur noch Erinnerung,
doch ich weiß sie lauern auch in dir
und auf den Tag, an dem du klein wirst
wie ein Falter.
Spast, Alter.

Als Kovac seinen emotional tosenden Vortrag beendet hat, schaut er sich um. Sieben Patienten sitzen im Kreis und starren ihn an. Therapeut Dr. Urbanek runzelt ungewollt die Stirn und atmet tief durch. Der Psychiater braucht einige Sekunden, um sich zu sortieren und beobachtet die Reaktionen der anderen Patienten. Diese reichen von gespieltem Desinteresse bis zu emotionaler Aufgewühltheit. Die üblichen Verdächtigen haben sich in sich zurückgezogen, aber Kovac hat einen riesigen Schritt gemacht, sich geöffnet und einen Weg gefunden, Emotionen zuzulassen und ihnen Ausdruck zu verleihen.

Kovac setzt sich wieder auf seinen Platz und rutscht unsicher auf dem Stuhl herum; ein Bulle von einem Mann, breite Schultern, muskulöser Hals, heroische Tätowierungen mit Darstellungen nordischer und christlich-abendländischer Überlegenheit[17], kantiges Gesicht und grobe Hände. Aber momentan spürt dieser Patient nicht, wie er wirkt und was er ist, denn er ist unsicher in sich gerollt und wartet auf sein Urteil. War ich gut genug? Habe ich alles richtig gemacht? Darf ich weitermachen? All dies waren Kategorien, in denen er in seiner soldatischen Laufbahn immer wieder beurteilt wurde und die ihn in Afghanistan hervorragend funktionieren ließen. Aber es waren eben auch die Kategorien, die verhindert haben, sich wirklich ehrlich zu fragen: Wie geht es mir? Was möchte ich? Was tut mir gut? Wo möchte ich jetzt sein? Bei wem möchte ich jetzt sein?

Sven sitzt still auf seinem Stuhl und sehnt sich nach Caro.

Parda

Laut dem Ehrenkodex Paschtunwali müssen Mädchen ab der Pubertät parda befolgen, was Vorhang bedeutet. Die Frauen werden von der Außenwelt abgeschottet, um sie und damit die Ehre der Familie vor Außenstehenden zu schützen.

Waslat Hasrat-Nazimi [18]

Amira sitzt an ihrer Nähmaschine und arbeitet an einer schwarzen Burka. Anaram ist in der Schule. Es sind seltsame Zeiten geworden und das sicherste Zeichen, dass die Taliban näher auf Kabul vorrücken ist der Umstand, dass die nachgefragten Kleidungsstücke wallender, dunkler und schmuckloser werden. Auch nimmt der soziale Druck auf Amira immer mehr zu, denn was früher niemand offen in Frage zu stellen wagte, wird nun immer öfter in der Nachbarschaft und im Laden thematisiert: Wie kann es sein, dass die verwitwete Amira, sei ihr Gesicht auch noch so entstellt wie es eben ist, jeden Tag und vor aller Augen mit einem Mann stundenlang im gleichen Raum ist? Wie kann es sein, dass ihre heranwachsende Tochter Anaram immer noch unverschleiert ist, zur Schule geht und sich unschicklich selbstständig verhält? Amira hatte sich bisher allen guten Ratschlägen und Nachfragen der Nachbarinnen verweigert, was lange gutging, aber nun im Angesicht der heranrückenden Taliban keine Zukunft mehr zu haben scheint.

Unrecht haben die Nachbarn mit ihren Gerüchten nicht, denn tatsächlich geht es in der Schneiderei des Herrn Pashteen oft geheimnisvoll und einer Schneiderei zugleich unangemessen gesellig zu. Herr Pashteen lädt seine älteren Nachbarn immer gern auf einen Tee ein, Anaram bringt den Nachbarstöchtern, die nicht zur Schule gehen dürfen, im Verborgenen Lesen und Schreiben bei, Amira versorgt ihre Kundinnen mit Stoffresten zur Hygiene während der Menstruation. Sie näht für die Frauen Einlagen und verkauft sie für kleines Geld. Herr Pashteen hat aufgehört, sich darüber zu wundern und lässt sie gewähren, denn inzwischen ist er von ihr und nicht sie von ihm abhängig. Auch das ist ein Zustand, der sich nur schwer mit den gesellschaftlichen Normen Afghanistans in Einklang bringen lässt.

Während Amira nähmaschineratternd an der Burka arbeitet, sagt Herr Pashteen unvermittelt: „Du solltest als nächstes einen Vorhang für unser Geschäft nähen. Parda.“ Amira hält inne, antwortet nicht und sieht auch nicht zu Herrn Pashteen, der sie wie immer aus dem Halbdunkel des Stoffballenlagers beobachtet. Herr Pashteen spricht weiter: „Anaram ist letzten Monat zur Frau geworden, Du musst sie jetzt schützen.“ Amira sagt noch immer nichts, als hätte sie all das nicht gehört. Herr Pashteen ergänzt: „Und wir sollten heiraten. Mein Brautpreis ist die Schneiderei.“ Amira atmet tief durch und antwortet: „Sie müssen an niemanden zahlen. Ich habe außer Anaram niemanden mehr, den das interessieren würde.“ Das stimmte zwar nicht, denn Amira hat sehr wohl Familie in der Nähe von Kunduz, hatte mit diesem alten Leben aber radikal gebrochen. Dass sie nun diesen alten Mann heiraten muss, war wohl der Preis für die Freiheit der letzten Jahre. „Bist Du einverstanden?", fragt Herr Pashteen in einem Tonfall, als würde er über den Preis eines Kleides mit Amira verhandeln. „Ja", lautet ihre kurze und klare Antwort. Herr Pashteen lächelt, nippt an seinem Tee und klappert mit seiner Gebetskette. Amira näht weiter. Die Gedanken kreisen und versuchen, diese neue Entwicklung einzuordnen. Ja, es scheint für Amira eine gute Lösung zu sein, die ihrer aller Existenz sichert, sozialen Druck nimmt und ihr eine wirtschaftliche Perspektive gibt. Alles andere würde sich finden und irgendwie ertragen lassen.

Unausgesprochen blieb der eigentliche Druck und der alternative Preis, den Amira und Anaram hätten schon vor langer Zeit zahlen müssen. Herr Pashteen hatte ihn nicht eingefordert und seinen Schutz nur auf Basis wirtschaftlicher Abhängigkeit gewährt. Die Alternative wäre gewesen, Anaram zu einer „bacha posh" zu machen,[18] zum provisorischen Familienvorstand für Amira; in Männerkleidern und in Männerrolle. Amira hätte Anaram dafür ihrer Kindheit, Jugend, ihres Frauwerdens und ihrer Identität berauben müssen, um als verwitwete Mutter ohne männlichen Verwandten einen „Mahram" zu kreieren, was in der afghanischen Gesellschaft gar nicht selten ist. Es hätte für Anaram einige Freiheiten gebracht, weshalb viele bacha posh diesen Weg durchaus erfolgreich gingen, aber es hätte Amiras Tochter im Alltag ihrer weiblichen Identität beraubt.

Als bacha posh hätte Anaram die Rolle des Mahram spielen können und ihre Mutter beispielsweise zum Einkauf begleitet und auch Reisen ermöglicht. Ob die Taliban das für immer akzeptieren würden, blieb derweil unklar. Eine Heirat mit einem ehrenvollen Mann, sei er auch alt, war dagegen eine respektable Lösung all dieser Probleme.

In Gedanken versunken sitzt Amira in der Schneiderei, als Anaram aus der Schule kommt. Mit „Hallo Mama! Hallo Herr Pashteen" kommt sie in den Laden. Sie wirkt etwas verstimmt, so wie Teenager das auf der ganzen Welt sind, wenn Hormone, körperliche Veränderungen, Hirnentwicklung und Gefühle in der Jugend ständig Turbulenzen verursachen. Das ist anstrengend; für alle Beteiligten, überall und in Afghanistan einer der Auslöser für parda.

Amira sieht ihre Tochter lächelnd an und schaut dann auch zu Herrn Pashteen ins Halbdunkel. „Wir werden heute Abend ein kleines Festessen für uns und die Nachbarn machen, Anaram. Geh bitte alle einladen. Ich werde den Laden bald schließen, mit Herrn Pashteen einkaufen gehen und dann für uns alle kochen. Du kannst mir gern helfen." Anaram schaut ihre Mutter skeptisch an. „Was gibt es zu feiern, Mama?" Aber statt Amira antwortet Herr Pashteen: „Deine Mutter und ich werden bald heiraten und das werden wir mit Dir, meine liebe Tochter, und mit den Nachbarn gemeinsam feiern." Anaram läuft es kalt den Rücken herunter, als Herr Pashteen sie als ‚meine liebe Tochter' bezeichnet.

Der Wille meiner Tochter

Keine der Emanzipationsgeschichten der großen weiblichen Persönlichkeiten in der Geschichte Afghanistans fand ein glückliches Ende. Entweder wurden die Frauen ermordet oder mussten ins Exil fliehen.

Waslat Hasrat-Nazimi [18]

Anaram und Amira packen ihr Kochgeschirr zusammen und gehen zum Haus des Herrn Pashteen. Es ist ein heruntergekommenes Mietshaus nahe der Schneiderei, in welchem Herr Pashteen eine kleine Wohnung im Obergeschoss bewohnt. Anaram hatte ihn schon einmal besucht, als er krank war. Amira war noch nie hier, obwohl sie nun schon seit fünf Jahren für und mit ihm zusammenarbeitete. Sie ist sich sehr bewusst, dass sie hier bald einziehen muss. Die Wohnung besteht aus einem großen Wohnraum, in dem Herr Pashteen auch schläft, einem kleinen Badezimmer und einer Küche. Die Küche ist ungewöhnlich groß und durch mehrere Fenster sehr hell. Wenigstens das, denn zu dritt wird das Leben in dieser Wohnung wenig eigenen Platz für Anaram bieten.

Die beiden packen in der kalten Küche die Einkäufe aus, heizen den Ofen an und beginnen, das Gemüse zu putzen, zu schneiden, Brot zu backen, Saucen anzurühren und Süßigkeiten zu drapieren. Fleisch wird gekocht und geschmort, Gewürze werden hinzugemischt, es riecht verlockend nach einem großen

Gelage. Aber den beiden ist wenig festlich zumute. Zu schwer wiegen die Sorgen über die Zukunft, und Anaram ist inzwischen Frau genug, um zu ahnen, wie unwohl ihrer Mutter der Gedanke an die bevorstehende Heirat eigentlich ist. Herr Pashteen wird einfordern, was ihm als afghanischem Ehemann körperlich zusteht und Amira wird sich dem nicht widersetzen.

„Warum hast Du in die Heirat eingewilligt, Mama?", will Anaram wissen. Es hört sich nicht nach einem Vorwurf an, sondern nach echtem Interesse. „Die Taliban kommen, Anaram. Es dauert nicht mehr lange und wenn sie da sind, können wir nicht mehr ohne Familienoberhaupt die Schneiderei betreiben." „Aber was soll aus mir werden? Ich will in die Schule, ich will studieren, ich will Lehrerin werden", protestiert Anaram. „Ich weiß es nicht", entgegnet Amira nachdenklich und leise, denn sie ist gerade zwiegespalten. Die Heirat mit Herrn Pashteen wird ihr eigenes Leben in gesellschaftlich akzeptierte Bahnen lenken, aber sie bietet natürlich für ihre Tochter keinen wirklichen Vorteil, denn Anaram würde und müsste in Kürze ausziehen und ebenfalls heiraten oder unter den Taliban künftig viel Zeit in dieser Küche hier verbringen. Sicher wäre heute Abend eine gute Gelegenheit, dies im Kreis der weiblichen Gäste anzusprechen, die sich, getrennt von den Männern, in ihrer neuen Küche aufhalten würden. Eine schnelle Heirat wäre für Anaram sicher die beste Lösung, denkt Amira bei sich, während sie ihrer Tochter beim Gemüseschneiden zuschaut. Doch als sie kurz innehält und ihre Tochter mütterlich beobachtet, kommen ihr Zweifel. Anaram will studieren, Lehrerin werden und Amira weiß, dass sie das sehr gut könnte. Aber die Taliban werden das nicht dulden und ein potenzieller Ehemann vermutlich auch nicht.

„Ich will zu Mirijam und Sara!", platzt es plötzlich aus Anaram heraus. „Ich will nach Deutschland!" Amira bearbeitet gerade einen Granatapfel und schweigt. „Ich habe Angst vor den Taliban, Mama", ergänzt Anaram leise. Ihre Mutter schaut sie traurig an und sagt: „Dein Vater war auch ein Talib, vergiss das nicht." Auf Anarams Stirn zeichnen sich zwei kleine Zornesfalten ab, als sie trotzig auf ihre große Narbe am Hals deutend entgegnet: „Die Taliban haben mich verletzt und mein Taliban-Vater hat Dich zusammengeschlagen, Dir den Kiefer gebrochen und Zähne ausgeschlagen. Hast Du das vergessen?" Amira betastet unbewusst ihren schiefen Unterkiefer, der auch heute noch beim Essen schmerzt und der sie beim Schlafen schnarchen lässt. Einen kurzen Moment kommt ihr der Gedanke, dass Herr Pashteen darüber vielleicht unglücklich sein wird, während sie ihrer Tochter antwortet: „Nein, das habe ich nicht vergessen. Aber er war Dein Vater und er war kein schlechter Mensch, auch wenn ich nicht immer einer Meinung mit ihm war." Anaram schaut sie fordernd an: „Mama, ich will hier weg! Ich will hier nicht leben. Wenn Du meinst, mit dem alten Mann an Deiner Seite wird alles besser – von mir aus. Aber ich habe mein ganzes Leben vor mir und ich werde ganz sicher nicht in dieser Küche hier verschimmeln oder nur in Burka draußen rumrennen.

Du weißt, was die Taliban mit Frauen machen, sie knechten, prügeln und töten, wenn sie ein eigenes Leben wagen. Ich will leben, Mama. Und Du wolltest das auch mal. Du wolltest träumen, erinnerst Du Dich noch? Das? Das hier ist Dein Traum?" In die Diskussion kommt nun etwas Schärfe, als Amira mit gefährlichem Unterton kontert: „Ja, im Vergleich zu unserem früheren Leben ist das hier ein Traum und Dir stünde etwas mehr Dankbarkeit auch gut. Wir kommen aus einem Dorf mit ungebildeten Bauern und würden dort immer noch im Dreck hocken, wenn wir nicht hierhergekommen wären und wenn ich – hör gut zu Anaram – ich, hier nicht Tag und Nacht für Dich und Herrn Pashteen gearbeitet hätte. Das war hart, aber ja, das war mein Traum: Für mich selbst und für Dich sorgen zu können. Das habe ich geschafft. Schau Dich an, neue schöne Kleider, genug zu essen, keine Burka, keine Heirat in jungen Jahren, regelmäßig Strom, Mobiltelefon und Fernseher. Meine Kindheit sah anders aus, Anaram, glaube mir. Aber mit Hilfe von vielen lieben Menschen: Mirijam, Sara, Du, Mohammad …" Anaram verdreht genervt die Augen: „Moooohammaaaad. Wenn ich das schon höre." Amira schaut sie mit erhobenen Augenbrauen an: „Gewöhn Dich dran, Mohammad und ich werden heiraten und Du stellst Dich besser gut mit ihm. Du wirst ihn respektieren und ehren, dass es Allah gefällig ist." Anaram blitzt ihre Mutter nun mit funkelnden Augen an, während sie aggressiv an einem Salatkopf reißt: „Ich will hier weg! Ich will nach Deutschland, ich will Lehrerin werden. Ich will zu Sara und Mirijam."

Beide schweigen sich wütend eine Weile an. Anaram tut es ein wenig leid, dass sie ihre Mutter so hart angegangen ist, weiß aber nicht, wie sie aus ihrer momentanen Emotion rauskommen soll. Ihre Mutter dagegen ist sehr nachdenklich geworden. Sie versteht, dass für Anaram gerade nichts einfach ist. Ihre Schule wird bald enden und falls die Taliban wirklich nach Kabul kommen, wird sie keine weitere Bildung mehr genießen können. Herr Pashteen und sie werden hier in dieser Wohnung leben müssen, denn eine größere Wohnung würden sie sich nicht leisten können; nur gäbe es hier keinen eigenen Platz für Anaram als Frau. Anaram zu verheiraten wäre die naheliegende Lösung, aber Amira hat nicht das Gefühl, dass dies auf ihr Wohlwollen stoßen würde. Dafür hatte sie ihr zu viel Freiheit vorgelebt. Freiheit, die es hier bald nicht mehr geben würde.

Bei diesem Gedanken kommt Amira weiter ins Grübeln und sie erinnert sich an einen Abend mit Sara und Mirijam in Kunduz; damals, als sie ihr offenbarten, dass Sara zurück nach Deutschland will und Amira sich ein eigenes Leben aufbauen muss. Amira lächelt in sich hinein und Anaram sieht sofort, dass ihre Mutter nicht mehr grollt. „Was ist, Mama?“ Amira schaut ihre Tochter liebevoll an und sagt: „Ich will, dass Du in den nächsten Tagen darüber nachdenkst, was Du im Leben erreichen willst. Du willst Lehrerin werden? Gut, aber bist Du auch bereit, einen Preis dafür zu zahlen? Denn glaube nicht, dass es in Deutschland einfach wird. Du verlierst all das hier und weißt nicht, was Du gewinnst. Vielleicht kannst Du nie wieder hierher zurückkommen.

Ich werde Dich mit dem Wenigen, das ich habe, gern unterstützen. Aber nur, wenn ich weiß, was Du wirklich willst für Dein Leben."

Anaram schaut sie überrascht an: „Du willst nicht nach Deutschland, Mama?" „Nein, ich heirate Mohammad und bleibe hier. Die Schneiderei ist mein Leben und ich gehöre hierher", antwortet Amira ruhig und ergänzt: „Ich habe keine Angst vor den Taliban. Sie sind Männer des Glaubens und nicht korrupt. Auch sie brauchen Kleider und ich werde sie schneidern. Ich werde damit Deinen toten Vater ehren und meinen Glauben. Hier ist immer ein Platz für Dich und wir werden immer Deine Familie sein, egal wo Du bist. Aber mein Platz ist jetzt hier."

Anaram ist in den kommenden Tagen sehr nachdenklich. Sie hatte gehofft, mit ihrer Mutter nach Deutschland gehen zu können, um den Taliban zu entkommen und bei dieser Gelegenheit den Alten zurückzulassen. Aber ihre Mutter hatte offenbar andere Pläne, die sie auch schnell und zielstrebig umsetzte. Die Heirat fand statt und wurde offiziell gemacht und da Anaram noch minderjährig war, musste sie auch den Namen des Alten annehmen, wie sie ihn jetzt immer für sich verächtlich nannte. Anaram Pashteen. So stand es auch in ihrem afghanischen Pass, den Amira für sie anfertigen ließ, wohl mit dem Hintergedanken, ihn für alle Fälle zu haben.

Anaram entschied sich in der Zwischenzeit, alles in Bewegung zu setzen, um vor den Taliban nach Deutschland zu flüchten. Amira hatte das geahnt und war traurig, ihr Kind ziehen lassen zu müssen. Herr Pashteen sagte nichts dazu. In den Folgetagen wurden alte Papiere aus Kunduz gesichtet, sie telefonierten mit Sara und Mirijam und erfuhren dabei, dass Sara inzwischen den Soldaten kennengelernt hatte, der Anaram damals gerettet hatte.

Sie schien ihn gut zu kennen, denn Sara schickte Amira und Anaram auch gemeinsame Bilder von sich und ihm, auf denen sie sehr vertraut aussahen. Anaram berührte das etwas seltsam, aber vielleicht würde sich das in Deutschland ja alles irgendwie erklären lassen. Amira fand eine Arbeitsbestätigung, die sie für ihre Tätigkeit in der Klinik in Kundus erhalten hatte und Anaram hoffte, dass dies der Schlüssel sei, um nach Deutschland kommen zu dürfen. Ganz so einfach war es nicht und Sara riet ihr in einem Telefonat, für ein Visum die deutsche Botschaft in Kabul aufzusuchen, die allerdings geschlossen hatte. Währenddessen rückten die Taliban Provinz für Provinz auf Kabul zu und im Frühsommer 2021 verließen die letzten deutschen Soldaten dann auch offiziell Afghanistan. Anaram und Amira spürten Tag für Tag, dass die Chancen für Anaram schwanden, nach Deutschland zu kommen.

Die Liste

Ich gebe der Sache momentan 80%. Ich hab die Kirchen hinter mir. Flieger vollmachen, 200+, mit Frauen und ihren Kernfamilien. Wenn das klappt, dann war es das Wichtigste, was wir im Leben neben den eigenen Kindern gemacht haben.

Quelle „BMI", 14. August 2021 [19]

Paul Kummer fläzt, die nackten Füße auf seinem Schreibtisch abgelegt, auf seinem sündhaft teuren Bürostuhl. Er macht in seinem Leben viele Kompromisse, aber nicht beim Sitzen daheim und nicht beim Fotografieren. Paul ist Kriegsreporter, Fotograf und zu oft in engen Flugzeugen und auf holprigen Schotterpisten unterwegs. Er lauscht in seine Kopfhörer und je länger er dem Anrufer zuhört, umso nachdenklicher wird sein Gesicht. Unwillkürlich wandert sein Blick zu einem über zehn Jahre alten Bild und einer ebenso alten Urkunde an der Wand neben seinem Schreibtisch. Ein Preis, den er für diese Fotografie verliehen bekommen hatte und der Höhepunkt seiner mittelmäßigen Karriere. Das Kind, verdammt, sie wird jetzt eine Jugendliche sein. Sie lebt. Was für eine Geschichte. Plötzlich kommt Leben in seine müden Glieder und Paul strafft sich im Homeoffice. „Herr … wie war nochmal ihr Name?", fragt er sein Gegenüber, während er sich einen Bleistift und seinen Notizblock angelt. „Robert Voigt, okay, die Nummer habe ich mir notiert. Ich schaue was ich machen kann, aber ich kann Ihnen nichts versprechen. Wichtig ist auf jeden Fall, dass sie alles zusammenkratzen, was sie an Dokumenten und Beweisen haben, dass sie für uns da unten gearbeitet haben. Arbeitsverträge, Pass, Unterschriften, Stempel, alles aktuell aber nicht zu neu … sie kennen das. Rufen sie mich heute Abend nochmal an und ich schaue, was ich bis dahin erreichen kann." Direkt nach dem Telefonat ruft Paul seine Chefredakteurin an. „Du glaubst nicht, was eben passiert ist. Mich hat gerade der Bundewehrsoldat angerufen, der auf meinem Preisbild das Kind versorgt hat. Das Mädchen lebt, sie ist in Kabul und wir müssen sie da jetzt rausholen." Paul hört seiner Chefin zu, die zwar seine Begeisterung teilt, aber Realismus anmahnt. „Ich weiß selbst, dass das schwierig ist, aber wir müssen es wenigsten versuchen. Kannst Du nicht Deine Beziehungen ins Ministerium spielen lassen? BMVg, BMI, irgendwas? Das wäre großartig." Paul lauscht wieder und schließlich legt er erwartungsvoll lächelnd auf.

Der Nachmittag wird zunehmend hektisch, denn in den letzten Tagen der militärischen Evakuierungsoperation aus Afghanistan ist er als Reporter mit ausgewiesener Afghanistanerfahrung ein gefragter Interviewpartner und Ratgeber. So jagt ein Telefonat das nächste, Emails trudeln im Sekundentakt ein und sein Handy hört nicht auf, auf allen Messenger-Kanälen zu piepsen und zu brummen. Die Meldungen überschlagen sich, denn eben wurde bekannt, dass die ersten Maschinen der Bundeswehr nur minimal besetzt wieder zurückflogen. Hektik bricht nun aus, denn einerseits will Paul einen Text dazu veröffentlichen und ist andererseits dabei, die Evakuierung des afghanischen Mädchens mit voranzubringen. Sein Handy klingelt erneut und er erkennt im Display den grünen Stahlhelm, den er den Kontaktdaten von Robert Voigt in Ermangelung eines Fotos zugewiesen hatte. „Paul hier, wie siehts aus?" fragt er und hört aufmerksam zu. Er berichtet seinerseits von seinen Bemühungen, Anaram Hassani und ihre Mutter Amira Hassani auf eine der Listen für die Evakuierung setzen zu lassen und schärft Robert nochmals ein, sich für weitere Informationen immer bereitzuhalten und ihn umgehend über etwaige Neuigkeiten zu informieren.

Paul legt auf und schreibt direkt weiter an seinem Text über den Wahnsinn dieser Tage. Kurz vor Fristende drückt er auf „Senden" und lehnt sich kurz zurück, als sein Telefon erneut klingelt und seine Chefin dran ist. „Wow! Das ist ja genial. Das ging ja schnell!", freut er sich, als er erfährt, dass die Namen von Anaram und Amira ans BMI gegangen sind und sie aufgrund Amiras Tätigkeit für Ärzte ohne Grenzen mit auf die Evakuierungsliste kommen sollen. „Wie sicher ist das denn alles?", fragt Paul und macht ein besorgtes Gesicht, als sie ihm von ihrer chaotischen Korrespondenz mit nicht näher genannten Personen im BMVg und BMI berichtet[19]. „Das muss dieser Rechtsstaat sein, von dem immer alle reden.", murmelt er frustriert und reibt sich die Augen. „Das heißt, die haben da unsere Soldaten hingeschickt, um unsere Leute rauszuholen und wissen nicht, wer und wo unsere Leute überhaupt sind? Die schreiben JETZT an einer Liste und nur weil ich jemanden kenne, der jemanden kennt, der jemanden kennt, stehen da jetzt zwei Namen mehr drauf?" Paul hört seiner Chefin weiter zu und sagt schließlich: „Okay, dann geh ich mir jetzt eine Kanne Kaffee machen und bleibe wach … das ist doch alles echt nicht wahr."

Während er auflegt, klingelt das Telefon erneut und eine ehemalige Kollegin, mit der er schon oft in Kriegs- und Krisengebieten gearbeitet hat, meldet sich. Er hört ihr aufmerksam zu, teilt sein Wissen über die Listen im BMVg und BMI und erzählt ihr auch die unglaubliche Story um Anaram und Amira. Sie freuen sich kurz zusammen über die wundersamen Fügungen des Lebens und schließlich rückt sie mit dem eigentlichen Grund ihres Anrufs heraus. Sie sammelt Geld, um ein Flugzeug zu chartern, um auf eigene Faust Leute aus Kabul rauszuholen[40]. Paul entgleisen kurz die Gesichtszüge, aber wenn er den nebenbei laufenden Nachrichten Glauben schenken mag, dann passieren in und um Kabul gerade alle Dinge gleichzeitig und wenig Gutes ist dabei. So verabschiedet er sich innerlich vom Kauf eines neuen lichtstarken Festbrennweiten-Objektivs und tätigt eine zu hohe online-Überweisung ins Ungewisse.

Er legt auf, dreht den Ton der Nachrichten lauter und sieht die unfassbaren Bilder vom Kabuler Flughafen: Menschen auf dem Rollfeld, Menschen an Flugzeugen, Menschen auf Flugzeugen und Menschen, die von startenden Flugzeugen stürzen.

Die Nachrichten zeigen nicht, dass diese Menschen auf dem Rollfeld und auf den angrenzenden Häusern am Flughafen aufschlagen. Der Kaffee ist inzwischen kalt geworden. Er füllt die Tasse mit mehr Milch auf und genießt zumindest das Koffein, während er anfängt, an den grünen Stahlhelm eine Nachricht zu schreiben:

„Beide Namen stehen bei BMI/BMVg auf Evakuierungslisten. Sie sollen sich mit allen Papieren 24/7 bereithalten. Keine Info zu Gate. Sie werden angerufen. Gruß Paul"

„Großartig! Danke!!!"

„Gibt auch Plan B"

„Profis, perfekt.
Wie sieht der aus?"

„Profis? Definitiv nicht.
Plan B: Gecharterte Flieger.
Journalisten, private Spenden"

„Wow! Wann kommt der?"

„Keine Ahnung. Ich muss jetzt schlafen.
Morgen ab 5 bin ich wieder online.
Gute Nacht"

„Das sind großartige News!
Danke!!!"

Paul reibt sich die Augen und ist jetzt hin und her gerissen zwischen der angekündigten Schlafpause und einem Hängematten-Rotwein in der sommerwarmen Nacht auf seinem Balkon. Der Rotwein gewinnt. Nach zwei Schlucken nickt er allerdings kurz weg, verschüttet Wein auf sich und die Hängematte, flucht und setzt sich doch wieder an den Rechner.

Der grüne Stahlhelm hat in der Zwischenzeit erneut geschrieben und in der lapidaren Nachricht verbirgt sich etwas, das Paul im ersten Moment gar nicht glauben kann: Vorname und private Mobilfunknummer eines deutschen Feldjägers, der in diesem Augenblick irgendwo am Kabuler Flughafen steht. Paul hält kurz inne und überlegt, ob er die Nummer seiner Chefin weiterleiten soll. Er entscheidet sich dagegen, schließlich hat er seine Quellen zu schützen und wer weiß, was aus dieser Geschichte noch wird.

Paul trinkt die restliche Flasche Rotwein, nachdem er bis drei Uhr morgens Agenturmeldungen gecheckt, Blogs quergelesen, Twitter gescrollt und Nachrichten gesehen hat. Schließlich schläft er ein, verschläft und wacht erst gegen Mittag des 26. August 2021 wieder auf.

Dinge tun ... aus Gründen

Zu einer schonungslosen Bilanz gehört auch das Eingeständnis, dass die großen Ziele politisch nicht erreicht wurden.

Eva Högl[20]

Kovac, Caro, Moses, Keule, Papa Kilo, Cluster und zwei weitere, aber sehr schweigsame Afghanistan-Veteranen sitzen und stehen um ein Feuer herum, welches in einer großen Eisenschale lustlos vor sich hin qualmt. Es ist der erste Abend, an dem sie alle wieder vereint sind, seit ihren gemeinsamen Einsätzen in Afghanistan. Ansonsten war immer irgendwer abwesend: Kovac in der Klinik, Caro mit ihrer Trainingsgruppe unterwegs, Moses in Einsätzen, Keule auf seiner Couch. Papa Kilo und Cluster hatte der Kasernenalltag wieder, inzwischen in heizungsnaher Verwendung der militärischen Selbstverwaltung. Alle sind älter geworden und das Leben hat seine Spuren auch in ihren Gesichtern hinterlassen.

Kovac sitzt schweigsam in seinem Campingstuhl. Bei ihm haben in den vergangenen Monaten gewaltige Veränderungen die Oberhand gewonnen. Aus dem aufbrausenden Krieger ist ein stiller Mann geworden, der noch nicht weiß, wohin die Reise gehen wird. Cluster hat Zigarren mitgebracht und Bier in den verschiedensten Variationen und Sorten ist vorrätig. Die Bäuche sind voll mit Pizza und Grillfleisch. Die Gedanken sind in Afghanistan, auch wenn sich die Gespräche noch im Hier und Jetzt befinden. Cluster schaut sich um und fühlt sich als Ranghöchster verpflichtet, nach dem Abzug aus Afghanistan einordnende Worte zu verlieren, auch wenn ihre eigenen Einsätze schon lang zurückliegen. Er hat sich gedanklich einige Sätze zurechtgelegt und Caro sieht, dass er etwas sagen will. „Pssst! Der Häuptling will eine Rede halten.", grinst sie in die Runde und tatsächlich verstummen die verbalen Scharmützel und Frotzeleien der Soldaten. „Meine Kameraden …", beginnt er, ungewollt die berühmte Rede von Generalmajor a.D. Christian Trull imitierend, die sie alle kennen. „Ich bin glücklich, dass wir heute hier beieinander sind, mehr oder weniger in einem Stück und einigermaßen fit." Dabei geht sein Blick zu Kovac und es freut alle, dass er heute das erste Mal seit seinem Therapiebeginn wieder bei ihnen ist. „Ich frage mich, und Ihr tut das sicher auch, wie es jetzt mit uns und Afghanistan weitergeht. Einige Gedanken dazu: Wir waren nur das Bodenpersonal und wir haben da unseren Job gemacht. Wir haben ihn gut gemacht und einige haben das mit ihrer Gesundheit oder ihrem Leben bezahlt. Allein aus unserem kleinen Haufen sind fünf Kameraden gefallen; aber wem erzähl ich das? Wir sind Soldaten. Wir werden ihre Namen sagen und wir werden sie nicht vergessen: Jenny, Jens, Mark, Oleg und Frank. Sie haben unseren Eid erfüllt. Wir haben auf der taktischen Ebene viel gelernt und viel richtig gemacht. Die strategische Ebene haben andere verbockt.[21] Für die große Politik können wir nichts und irgendwann muss man aufhören, das Gute herbeibomben zu wollen.[22] Was mich echt umtreibt, und da bin ich wirklich gespannt, was da noch alles rauskommen wird, ist die Frage, an welchen Stellen überall was schiefgelaufen ist. Kanzleramt, BMVg, AA, BMI und wie sie alle heißen.[23] Aber was ich in Afghanistan an Kameradschaft erlebt habe, werde ich mein ganzes Leben nicht vergessen und ihr werdet das auch nicht." Direkt an Kovac gewandt, den Fallschirmjäger, ergänzt er, seine Bierflasche in den verqualmten Nachthimmel streckend: „Glück!" und alle antworten „Ab!". Kovac grinst etwas gequält, freut sich aber sehr, bei diesem Treffen wieder dabei sein zu können. Er ist jetzt irgendwie ein bisschen mit Caro zusammen und sein Trennungsjahr mit Jana ist bald rum. Seine Kinder hat er ein halbes Jahr nicht sehen dürfen, aber er hofft, dass er sie nach seiner Therapie bald besuchen darf.

Moses steht mit einem zufriedenen Lächeln im Gesicht neben Keule und freut sich, als der ihm von seinem neuen Aushilfsjob in einem Dönerladen eines KFOR-Veteranen erzählt. Mit großer Dankbarkeit sieht Moses, dass auch Keule ihr altes Jenny-Patch trägt, das sie nach Jennys Tod in Afghanistan entworfen hatten: Rotes Kreuz auf blauem Grund, schwarzer Rand und goldene Locke. Moses tippt auf das Patch an Keules Arm und sagt: „Danke, Keule." Sie umarmen sich wortlos. Papa Kilo blättert in Caros Fotobuch und lobt die schönen Aufnahmen, wobei nicht so richtig klar wird, ob er sich darüber lustig machen will oder wirklich angetan ist. Caro ist es egal. Papa Kilo hat eh keine Ahnung von sowas.

Moses denkt an Sara, seine Kaffeefrau, sehnt sich nach ihr, genießt aber trotzdem, heute hier bei seinen Leuten zu sein. Er zeigt nun auf seinem Handy Fotos von Anaram und Amira in ihrer Schneiderei in Kabul herum und sie beschließen, ihnen ein Selfie von allen zu senden, die damals bei Anarams Rettung dabei waren: Kovac, Keule, Moses und Cluster. Vier Soldaten, die für Anarams Leben ein hohes Risiko eingegangen waren. Eine Medaille hatten sie dafür nicht bekommen, aber nun mit vielen Jahren Verzug die Gewissheit, in Afghanistan ein Kinderleben gerettet zu haben.

Caro prostet Moses über das Feuer zu und sagt laut in die Runde „Auf Jenny!" und alle antworten „Auf Jenny!". Moses schaut ins Halbdunkel hinter das Feuer. Dort steht ein Tisch mit Stuhl, der den soldatischen Brauch des „leeren Stuhls" für Gefallene symbolisiert. Als Moses ankam, stand der Tisch bereits. Das musste Caro gewesen sein, denn sie war die Erste im Camp gewesen und bestimmt hatte sie den Tisch so liebevoll gedeckt: Eine weiße Tischdecke, die sich die Soldaten selbst nicht gönnen würden, ein Teller, Besteck und ein Glas. Darin etwas vom besten Schnaps und ein Teelicht dazu. Moses stellt sich vor, wie Caro die Tischdecke mit ihrem Armstumpf liebevoll zurechtgerückt haben mag und prostet mit Tränen in den Augen still dem „leeren Stuhl" zu: ‚Auf Jenny!'

Abbey Gate

Es war der strahlende Glanz unserer Modernität. Es war die Schubkraft unserer Technologie. Es war unsere offenkundige Gottlosigkeit. Es war die Wirkungslosigkeit unserer Außenpolitik. Es war die Macht der amerikanischen Kultur, jede Mauer zu durchbrechen und sich in jedem Haus und jedem Kopf einzunisten.

Don DeLillo[24]

Anaram hat in den frühen Morgenstunden des 26. August 2021 ihren neuen Rucksack gepackt und geht in die Schneiderei. Sie hat einen Anruf aus Deutschland bekommen, dass sie heute mit ihrer Mutter zum Abbey Gate des Kabuler Flughafens kommen und sich dort nach deutschen Kontaktpersonen erkundigen soll. Das Abbey Gate wurde ausdrücklich genannt, alle anderen Gates wären aktuell nicht geöffnet. Dass ihre Mutter nicht mitkommen wird, verrät Anaram nicht. Sie ahnt, dass die kommenden Stunden gefährlich und voller Ungewissheit werden. Sie weiß aber auch, dass an beiden Enden der Ungewissheit Menschen auf sie warten, die sie lieben und dass die Ungewissheit dazwischen ihre eigene Entscheidung ist. Sie ist voller Vertrauen.

Herr Pashteen sitzt auf seinem Stoffballen, trinkt in der Dunkelheit den ersten Tee des Tages und bewegt gedankenversunken seine Gebetskette. Anarams Mutter hockt an ihrer alten Nähmaschine aus Pakistan und weint. Sie hat in der Nacht offenbar nicht schlafen können und war hier, um sich abzulenken.

Es ist alles gesagt und alle Entscheidungen wurden gefällt. Anaram schaut ihre Mutter an und versteht sie nicht mehr. Warum will sie in dieser Aussichtslosigkeit bleiben? Warum reicht ihr dieses kleine Glück im Schutze des Alten? Das kann doch nicht ihr Ernst sein. Doch, das ist ihr Ernst und so weh Amira der Abschied von ihrer Tochter fällt, so klar weiß sie, dass sie keine Kraft mehr für einen weiteren Neuanfang hat. Zu viele Neuanfänge hat sie schon erlebt und dieses kleine Glück in Kabul kann sie nicht aufgeben, auch wenn es bedeutet, dass ihre Tochter nun eigene Wege in einem fremden Land gehen wird. Anaram wird dabei nicht allein sein. Sara und Mirijam werden sich um sie kümmern, darauf vertraut Amira und wenn Freiheit bedeutet, eigene Entscheidungen fällen zu können, dann heißt Freiheit auch, deren Konsequenzen tragen zu müssen.

Mutter und Tochter umarmen sich weinend, nehmen aber nicht für immer Abschied. Anaram wird sich melden, sobald sie in Deutschland ist und sie hat versprochen, sich oft zu melden. Auch darauf vertraut Amira und sie sagt sich, dass Anaram ohnehin bald hätte heiraten müssen und dann wahrscheinlich auch nicht mehr täglich um sie herum gewesen wäre. Wenn sie ihre Tochter anschaut, ist Amira sehr stolz und glücklich. Eine freundliche, kluge, junge Frau steht vor ihr. Sie trägt mit Stolz ihr selbst genähtes Kleid, welches kunstvoll bestickt ist, seidig glänzt und in einer lebendigen Mischung aus Weiß, leuchtendem Pink, dunklem Blau, warmem Grün und sonnigem Gelb pure Lebensfreude ausstrahlt.
Herr Pashteen steht auf und gibt damit das Zeichen

zum Aufbruch. Anaram umarmt ihre sitzende Mutter wortlos und Herr Pashteen führt Anaram schweigend zu einer Hauptstraße, wo sie sich ein Taxi nehmen. Der Fahrer protestiert, als er hört, dass sie zum Flughafen wollen. Das sei zu gefährlich und überhaupt sollten sie sich schämen, in dieser schweren Stunde Afghanistans wegzulaufen. Herr Pashteen versichert, nicht wegzulaufen, sondern nur das Kind in Sicherheit zu ihrer Familie im Ausland bringen zu wollen und das besänftigt den Taxifahrer etwas. Die Fahrt endet einen Kilometer vor dem Flughafengelände in einem dichten Stau. Der Fahrer protestiert erneut, will nicht weiterfahren und auch nicht weiter warten. So steigen die beiden notgedrungen aus und müssen zu Fuß weiterlaufen. Inzwischen ist die Sonne aufgegangen und begrüßt die Stadt mit ihrer brüllend heißen Helligkeit.

Die Menschenmenge wird dichter. Zunächst kommen sie noch gut voran, aber Herrn Pashteen fällt es in der aufkommenden Hitze immer schwerer, hinter Anaram zu bleiben, die sich entschlossen einen Weg durch die Menge bahnt. Schließlich kann er nicht mehr und ruft, während er kurz innehält: „Anaram, warte auf mich." Aber Anaram hört ihn im Tumult nicht und binnen weniger Sekunden kann er sie nicht mehr sehen. Er ruft immer lauter: „Anaram! Warte!" und kann dabei kurz ihr buntes Kleid in der Menge ausmachen. Sie aber dreht sich nicht um, sondern verschwindet zwischen Menschen, Koffern und unerfüllbaren Hoffnungen.

Herr Pashteen versucht, sich seitlich aus der Menge heraus zu bewegen und schließlich gelingt ihm das auch, sodass er an einer Mauer entlang wieder nach hinten geht und sich etwas ausruhen kann. Das war es jetzt also. Weg ist sie. Er trottet los, ist etwas enttäuscht, dass es keinen Abschied mehr gab, und freut sich auf seinen Stoffballen und auf den Tee daheim bei Amira.

Anaram ist derweil in die immer dichter werdende Menschenmenge vorgedrungen, die sich im Bereich vor dem Abby Gate angesammelt hat. Sie sieht, dass immer wieder Flugzeuge starten und solange das so ist, bleibt die Hoffnung, dass sie in einer dieser Maschinen mitfliegen kann. Herr Pashteen ist nicht mehr zu sehen. Gut so. Er könnte ihr jetzt ohnehin nicht mehr helfen.

Was sich nun anschließt, hat Anaram nicht vorhersehen können und wenn sie es gewusst hätte, wäre sie wahrscheinlich daheim geblieben. Zunächst wird der Weg durch einen Checkpoint versperrt, den offenbar die Taliban besetzt haben.[25] Anaram hat wahnsinnige Angst, von ihnen geschlagen, abgewiesen oder ausgeraubt zu werden. Aber nichts dergleichen passiert. Ein mürrischer Kämpfer steht, mit einem amerikanischen Sturmgewehr und einem Holzstock bewaffnet, vor ihr und wirft nur einen kurzen Blick auf ihren Pass und ihre Dokumente. Er macht sich nicht einmal die Mühe, sie weiterzuwinken, sondern fixiert mit gelangweiltem Blick schon eine Person hinter ihr. Es geht offenbar nur darum zu zeigen, dass die Taliban da sind und die Lage unter Kontrolle haben.

Zusammen mit tausenden Menschen steht, wartet, sitzt Anaram in der dumpfen Vormittagshitze und drängelt sich schließlich nach dem Checkpoint in den folgenden Stunden langsam durch die wartende Menschenmenge. Anaram kennt niemanden und neben all den fremden Menschen und der spürbaren Angst fühlt sie sich unglaublich einsam. Je näher sie dem Abbey Gate kommt, umso apokalyptischer wird die ganze Szenerie. Zehntausende Menschen sind zwischen zwei hohen Betonwänden eingepfercht und mitten in diesem ausweglosen Schlauch fließt auch noch ein stinkender Wassergraben. Unrat, Kleiderfetzen, leere Wasserflaschen, stinkende Windeln kleiner Kinder und verlorene Kleidung, Schuhe und Habseligkeiten liegen auf dem Boden. Sie werden von tausenden Männern, Frauen, Mädchen, Jungen, amerikanischen Soldaten, Polizisten, Taliban und afghanischen Sicherheitskräften bis zur Konturlosigkeit plattgetreten. Staub, Gestank und schweißige Verzweiflung ist allgegenwärtig. Anaram dringt immer weiter vor und steht schließlich am Rande des Abwassergrabens, der auf der gegenüberliegenden Seite mit Stacheldraht versehen ist. Der Kanal ist mehrere Meter breit und tief. Er hat schräge Wände, an denen man nur mühsam heraufklettern kann. Sie erkennt mit Schrecken, dass sie durch den stinkenden Graben muss, um zum Tor zu gelangen und dass die Soldaten gegenüber dies genau so haben wollen.

Von der Stadtseite drängen immer mehr Menschen in die Menge, die von US-Marines vor dem eigentlichen Tor zurückgehalten werden. Mit Stacheldraht wurde der Zugang zum Gate verjüngt, sodass immer nur wenige Menschen gleichzeitig zum Gate kommen. Das Gate selbst ist ein großes Metalltor, welches von hohen Mauern umgeben ist. Das Tor ist nur soweit geöffnet, dass einzelne Menschen durchkönnen.[26] Dahinter steht ein gepanzertes Militärfahrzeug, welches wuchtig genug aussieht, das Tor jederzeit zuschieben zu können, sollte das nötig sein.

Immer wieder kommen amerikanische Soldaten und europäische Zivilisten aus dem Tor, die offenbar auf der Suche nach einzelnen Personen in der Menge sind. Nach welchem System sie suchen, bleibt Anaram verborgen. Die Szenerie wird durch Taliban komplettiert, die mit Knüppeln und Gerten auf die Menge einprügeln, wenn sich ein Grund findet.

Zwischen den Europäern und den Taliban scheint sich eine gewisse Routine eingespielt zu haben, denn immer wieder kommunizieren sie miteinander und teilweise werden durch die Taliban Menschen aus der Menge geholt und zum Gate gebracht. Es herrscht ein unglaublicher Tumult aus wartenden, schiebenden, rufenden, klagenden, schreienden und verzweifelten Menschen. Die Soldaten haben nur ihre Kriegswaffen, um die Zone vor dem Gate zu halten und geben Warnschüsse ab. Sie zielen mit ihren Pistolen in den Maschendraht oder mit ihren Sturmgewehren über die Köpfe der Menschen. Im Chaos kommt es dabei immer wieder zu Missverständnissen und Unfällen, denen im Laufe der Tage dutzende Afghanen zum Opfer fallen. Tränengas und nicht tödliche Munition wird in die Menschenmenge verschossen und auch hier kommt es zu verhängnisvollen Fehleinschätzungen mit vielen Toten und Verletzten.[27]

Der Gestank der Menschenmenge mischt sich in der Tageshitze brennend mit den Ausdünstungen und Hinterlassenschaften tausender Wartender, die seit Stunden oder Tagen ohne medizinische Versorgung und ohne Sanitäreinrichtungen am Tor ausharren. Anaram ist mittendrin in diesem Chaos und kann sich in der wogenden Menschenmenge nicht mehr selbstständig bewegen. Irgendwann wird ihr der Rucksack heruntergerissen und sie ist so eingeklemmt, dass sie sich nicht umdrehen und nach ihm fassen kann. Sie umklammert nur noch ihre Dokumente und ihr Mobiltelefon und versucht, sich nach vorn zu drängen. Die Menschenmenge macht ihr Angst und auch die Warnungen vor Selbstmordattentätern des Islamischen Staates, für den diese Menschenansammlung ein lohnendes Ziel darstellt, um Taliban und ausländisches Militär gleichermaßen zu demütigen.

Anaram sieht weinende Kleinkinder, die auf die Mauern hochgereicht und von Soldatinnen und Soldaten aufgenommen werden. Was aus den Kindern und den Eltern wird, bleibt unklar. Sie ist fassungslos im Chaos und verzweifelt, als sie plötzlich ganz vorn ist, von der Menge ausgespukt wird und unmittelbar vor einem großen Europäer in Uniform steht. Er steht ruhig da und greift sich wortlos ihre Dokumente. Seine Augen sind hinter einer Sonnenbrille versteckt.

Er mustert wortlos ihren neuen Pass und die Arbeitsbescheinigung ihrer Mutter. Er fragt sie auf Englisch, wie sie heißt und Anaram antwortet „Anaram, Anaram Pashteen." Er nickt und schaut nur kurz auf die Arbeitsbescheinigung, die den Namen Pashteen nicht enthält. Anaram sagt in perfektem Englisch, dass sie aus Deutschland angerufen wurde, dass sie auf der Liste stehen muss, und dass sie heute hierherkommen sollte. Der Mann lässt sich eine Kladde mit einem dicken Stoß Papier geben und blättert eine Weile darin herum. Er vergleicht mehrfach ihren Pass und schaut in die Liste. Aber die Liste kennt keine Anaram Pashteen. Es gibt viele Anarams und viele Pashteens, aber keine Anaram Pashteen.

Ohne weiteren Kommentar winkt er sie nach Durchsicht der langen Liste durch und gibt einem der Soldaten neben ihr ein Zeichen, woraufhin dieser sie in Richtung einer seitlichen Tür schiebt. Anaram ist unfassbar erleichtert und glaubt, dass sie es nun in den Flughafen geschafft hat. Sie hastet auf die Metalltür zu, hinter der sich eine Drehtür befindet und als sie die Drehtür passiert hat, sieht sie sich erneut einer großen Menschenmenge gegenüber und einem Wassergraben und Stacheldraht und Soldaten. Sie bleibt wie angewurzelt stehen und begreift nur langsam, dass sie wieder vor dem Tor steht. Sie ist nicht im Flughafen. Sie fliegt heute nicht nach Deutschland.

Anaram versucht, Sara und Mirijam in Deutschland anzurufen, aber das Mobilfunknetz am Kabuler Flughafen ist zusammengebrochen und aus der Drehtür drängen immer mehr überraschte und verzweifelte Menschen. Sie schieben Anaram weg vom Gate.

Der jungen Frau laufen Tränen der Enttäuschung über das Gesicht und dazu gesellt sich eine tiefe und bodenlose Angst. Angst, wieder in diese tosende Menge eintauchen zu müssen, um nach Hause zu kommen, Angst vor dem angekündigten Terroranschlag, Angst vor den Taliban und ihrer Zukunft und auch Scham, unverrichteter Dinge ihrer Mutter und Herrn Pashteen unter die Augen zu treten und eine isolierte Zukunft in Herrn Pashteens Küche antreten zu müssen.

Zerfetzte Träume

*Najibullah died after falling in the canal outside
Abbey gate, his friends could not take him out of
the area due to the chaos following the blast.*

Mohammad Jawad Alizada[28]

Die Sonne brennt erbarmungslos, obwohl es inzwischen später Nachmittag ist. Anaram hat vor Durst Kopfschmerzen. Ihre Wasserflasche ging mit dem Rucksack verloren und im Chaos hier am Flughafen findet sie nichts zu trinken Es bleibt Anaram nichts weiter übrig, als ihre Abweisung am Gate zu akzeptieren und langsam setzt sie sich in Bewegung. Zuerst trottet sie vor sich hin, bis sie schließlich in die dichte Menschenmenge eindringt. Hier beginnt sie, sich energisch durchzudrängeln, nur weg aus der Gefahrenzone und heim; heim in die Schneiderei und zu ihrer Mutter. Das Mobiltelefon hat immer noch keinen Empfang und so schiebt sie sich weiter voran, ohne ihren Lieben sagen zu können, dass sie am Leben ist und nun nach Hause kommt. Sie schaut sich um und etwas abseits vom Gedränge fällt ihr ein schwarz gekleideter Mann auf, der ruhig dasteht und die Menge beobachtet. Die Leute hinter ihr schieben sie immer weiter und enger an den bärtigen Mann heran. Anaram fällt ihm offenbar auf, denn er mustert sie irritiert und starrt sie direkt an, was ihr sehr ungewöhnlich vorkommt.

Vielleicht ist es ihr langes Kleid, dessen leuchtende Farben, vielleicht ihr wacher und suchender Blick aus verweinten Augen. Vielleicht ist es ihr offenes Haar und dass sie unverschleiert ist. Irgendetwas fasziniert ihn und er fixiert sie mit ernsten Augen, bis die nachdrängenden Menschen Anaram an ihm vorbeigeschoben haben. Er schaut der jungen Afghanin nach und verfolgt sie mit Blicken in der Menge, bis sie nur noch ein kleiner, bunter Punkt ist.

Der Attentäter atmet tief ein und zündet die Bombe.

Die Explosion zerreißt den Bärtigen und fährt mit Hitze und Metallkugeln in die Menschenmenge,[25] bricht sich an den umliegenden Betonwänden und zerfetzt alles Lebendige im weiten Umkreis des Attentäters. Sie zerreißt Frauen, Männer, Kinder, Familien, Träume, Befürchtungen, Hoffnungen, Ehen, Gewissheiten, Zukunftspläne und Aufbrüche in ein neues Leben.

Auf die Explosion folgt eine kurze Stille. Kurz darauf kreischen die Überlebenden vor Schmerz und Überraschung, viele stürzen in den Graben, bleiben darin liegen und sterben im Abwasser. Das Wasser im Graben färbt sich tiefrot. Alle Gegenstände und Körper verloren in der Druckwelle ihre Struktur und liegen, als die Staubwolke langsam verweht, zerfetzt und blutüberströmt am Boden. Chaos bricht nun aus, Soldaten schießen auf weitere, vermeintliche Attentäter[29]. Wer rennen kann, rennt um sein Leben.[30, 31]

US-Marines sichern das Gate, den Anschlagsort und weitere Soldaten besetzen die Betonwände. Eine Drohne filmt die Szenerie, deren veröffentlichte Aufnahmen erst drei Minuten nach der Detonation einsetzen.[25]

Menschen am Boden schreien um Hilfe und die Rettungssanitäter kommen nur langsam voran. Das Attentat fordert insgesamt über einhundertachzig Todesopfer[40] und hunderte Verletzte.

Dreizehn amerikanische Soldaten fallen im Bereich vor dem Abbey Gate. Ihre Namen werden schnell bekannt und verbreitet. Sie werden speziell in den USA als Helden geehrt und im Falle von Marine Sergeant Nicole L. Gee auch weltweit ikonisch überhöht. Das Bild, auf welchem sie einige Tage vor dem Attentat ein Kind in ihren Armen hält, in Uniform und umgeben von Waffen, geht um die Welt. Von ihr gibt es inzwischen Poster, kostenpflichtige Bilder und diverse Erinnerungsvideos im Internet.

Bei dem Attentat von ISIS-K sterben auch zwei britische Staatsangehörige und ein Kind eines britischen Staatsangehörigen.[32] Über die zahlreichen afghanischen Opfer ist ungleich weniger bekannt. Unter ihnen sind afghanische Soldaten und Regierungsmitarbeiter, Polizisten, Sprachmittler, Ärzte, Studenten, überwiegend Zivilisten; Männer, Frauen und Kinder. Nur wenige Namen sind öffentlich, die meisten Opfer, insbesondere weibliche Opfer, sind außerhalb Afghanistans nicht namentlich bekannt.

Am Abbey Gate des Kabuler Flughafens sterben am
späten Nachmittag des 26. August 2021: [28, 33]

Abdul Hamid Sohn von Abdul Hadi
Abdul Jalil Sohn von Niaz Mohammad
Ahmad Khalid Raheen
Ahmad Zia
Atta Mohammad Sohn von Zakarya

. . .

Badruddin Safai

. . .

Dad Mohammad Mohammadi
Darin T. Hoover
David L. Espinosa
Deagan W. Page
Dylan R. Merola

. . .

Ehsannulah Sohn von Rahimullah
Esmatullah Irfan

. . .

Ferdous Raheen

. . .

Ghulam Reza Sohn von Khan Ali
Gul Noor Sohn von Siauddin

. . .

Humberto A. Sanchez
Hunter Lopez

. . .

Jannat Gul Sohn von Zahir
Jared M. Schmitz
Johanny Rosario Pichardo

. . .

Kareem M. Nikoui

Masood Sohn von Mohammad Yahya
Maxton W. Soviak
Milad Raheen
Mohammad Baksh Sohn von Ali Ahmad
Mohammad Baqir Ibrahimi
Mohammad Wali Safai
Mohammad Wasay Sohn von Mohammad Rafiq
…
Najibullah Safai
Nasrullah Sohn von Raz Gul
Nicole L. Gee
…
Parwiz Sohn von Ghazi
Popal Walizada
…
Qasim Sohn von Mohammad Amin
…
Rahila Tochter von Ziauddin
Rohid Sohn von Nawroz
Ryan C. Knauss
Rylee J. McCollum
…
Salahuddin Sohn von Rahimuddin
Sayed Abu Bakr Sohn von Sayed Nasrullah
Sayed Ebrahim Sohn von Sayed-ur Rasool
Sial Sohn von Amrullah
Subhanullah Sohn von Meer Hassan
…
Tawoos Sohn von Pashtun Aqa
…
Wahdat Sohn von Rohullah
…
Zahir Shah Sohn von Sayed Habib und viele andere.

Epilog

Ihr wollt von mir wissen, ob Anaram weit genug weg
war, als die Bombe am Abbey Gate gezündet wurde?
Ich weiß es nicht, aber mir gefällt der Gedanke, dass
sie Glück hatte und irgendwann ein selbstbestimm-
tes und würdiges Leben führt, so unwahrscheinlich
das heute auch klingen mag.

Ein großes Hindernis auf dem Weg zu Frieden in
Afghanistan dürfte neben den anhaltenden ethnisch-
religiösen Konflikten und den psychosozialen Ver-
werfungen der Kriegsjahrzehnte auch die weiterhin
hohe Verfügbarkeit von Waffen im Land sein. Zwar
wurde in den letzten Tagen des NATO-Abzugs viel
militärisches Gerät selbst noch am Kabuler Flughafen zerstört, aber der zahlenmäßig überwiegende Teil
verblieb im Land.[34] Die Ausrüstung der Afghanischen Nationalarmee (ANA) und der anderen afghanischen Sicherheitskräfte ist zu Teilen in die
Hände der Taliban und anderer Akteure gelangt, zusammen mit militärisch ausgebildeten Kämpfern, die
sich nun neue Aufgaben suchen werden.

Gibt es ein Fazit, das wir ziehen können und welches
es wert wäre, hier gedruckt zu werden? Aus meiner
Sicht noch nicht. Zu vielschichtig waren und sind die
Interessen, Hintergründe und Motivationen der einzelnen Akteure. Zurück bleiben Ratlosigkeit sowie
die schwache Hoffnung auf Frieden für Afghanistan.

Einen Frieden, der jahrzehntelang durch ausländische Interventionen und Einflussnahmen immer wieder verhindert, verzögert oder schöngeredet wurde und wird. Ein Frieden, der, ohne tiefere Einsichten in die afghanische Gesellschaft zu haben, von außen erzwungen werden sollte und dadurch nicht von innen wachsen konnte.

In den westlichen Zivilgesellschaften wurde die NATO-Intervention zunehmend kritisch hinterfragt, was für die Soldaten vor Ort nur schwer erträglich war. Die Aufarbeitung des Militäreinsatzes findet nun nach und nach statt, so zum Beispiel durch eine Enquete-Kommission des Bundestages sowie den Untersuchungsausschuss des Bundestages zum Abzug aus Afghanistan. Hierbei wird auch untersucht, inwiefern der sogenannte „Vernetzte Ansatz" wirksam war. Vor der Enquete-Kommission sagte im Mai 2023 der ehemalige US-General David H. Petraeus aus[35]: „Our foundational mistake was our lack of commitment" (Unser grundlegender Fehler war unser mangelndes Engagement.)

Von amerikanischer Seite wurden in den letzten Jahren durch journalistischen Druck, zum Beispiel der Washington Post, Dokumente veröffentlicht, die ein verstörendes Bild fehlender Strategie und Aufrichtigkeit seitens der amerikanischen Administration zeichnen. So verdanken wir der Publikation „Die Afghanistan Papers" ein entlarvendes Zitat von Donald Rumsfeld (ehem. US-Verteidigungsminister), fast zwei Jahre nach Beginn des Krieges: „Mir ist nicht klar, wer die Bösen in Afghanistan sind"[36]

So kann ich nur mit dem enden, was die Luftraumüberwachung nach dem Abflug der letzten Maschine
vom Kabuler Flughafen vermeldete, nachdem die
Vereinigten Staaten von Amerika, Deutschland,
Großbritannien, Italien und Frankreich innerhalb
von sechzehn Tagen im August 2021 zusammen ungefähr einhunderttausend Menschen verschiedenster
Nationen über den Kabuler Flughafen evakuiert hatten:

„A0022/21 NOTAMN
Q) OAKX/QXXXX/IV/NBO/A/000/999/3433N06912E005
A) OAKB
B) 2108301940
C) 2109122359
E) EFFECTIVE IMMEDIATELY **HAMID KARZAI INTL
AIRPORT (OAKB) IS UNCONTROLLED**. NO AIR TRAF
FIC CONTROL OR AIRPORT SERVICES ARE AVAILABLE.
(…)" [37]

Danksagung

Dieser dritte Band der Anaram-Reihe mit dem Titel „Verschleierung" ist nach den beiden Büchern „Endloses Licht" und „Golden Hour" der vorläufige Abschluss meiner Erzählung über den zwanzigjährigen Militäreinsatz westlicher Alliierter in Afghanistan. Dass der erste Band „Anaram – Endloses Licht" überhaupt verlegt wurde, nehme ich immer noch als großes Wunder und wichtigen Wendepunkt in meinem Leben wahr. Daher danke ich allen ganz herzlich, die mich in den letzten Jahren auf diesem Weg begleitet sowie mit Zuwendung, Geduld, Rat und Tat unterstützt haben: Kerstin, Svenja, Heiko, Catherina Lehmann vom Café Viereck sowie meine Verlegerin Carola Hartmann vom Miles-Verlag.

Ich habe bei meinen Recherchen auf Gespräche mit aktiven Soldat:innen, Veteran:innen, Politiker:innen, Akteur:innen in Veteranenverbänden sowie Primär- und Sekundärliteratur zurückgegriffen. Inzwischen sind gegenüber den rein fiktiven Geschichten des ersten Bandes immer öfter reale Aspekte des ISAF- und RS-Einsatzes der Bundeswehr und ihrer Alliierten in die Erzählungen eingeflossen. So hatte ich das große Glück, die Umstände der militärischen Evakuierungsoperation am Kabuler Flughafen aus erster Hand berichtet zu bekommen.[27] Ich habe versucht, dieses Szenario („Die Liste", „Abbey Gate" und „Zerfetzte Träume") realitätsnah darzustellen, wobei die Figur der Anaram darin natürlich fiktiv bleibt.

Ich hatte Gelegenheit, eine Sitzung des Untersuchungsausschusses des Bundestages zum Abzug aus Afghanistan zu verfolgen, bei der es speziell um afghanische Ortskräfte ging [38], ein Aspekt, den ich in meinen Geschichten zu wenig thematisiert habe und der eine eigene Erzählung wert wäre. Bei meinen Recherchen haben mich zudem Autorinnen mit afghanischen Wurzeln besonders beeindruckt und beeinflusst. Hier ist die Journalistin Waslat Hasrat-Nazimi herauszuheben. Ihr verdanke ich ein komplexeres Bild der gesellschaftlichen Situation von Frauen in Afghanistan, welches es mir ermöglichte, die Figuren der Anaram und insbesondere der Mutter Amira weiterzuentwickeln und aus ihrer passiven Rolle des ersten Bandes zu befreien. Waslat Hasrat-Nazimis Buch „Die Löwinnen von Afghanistan", in welchem das Streben der afghanischen Frauen nach mehr Selbstbestimmung thematisiert wird, endet mit den Worten: „Der Kampf einer afghanischen Löwin kann viele Formen annehmen. Was sie braucht, ist ein Rudel, das ihr ein Leben lang den Rücken stärkt. Lasst uns dieses Rudel sein." [18]

Kurz vor Ende meines Schreibens habe ich eine Veröffentlichung von Ulrich Kerzbeck gefunden, die aus meiner Sicht sehr gut das verbindende Wesen der Traumatisierungen beschreibt, welche einigen Akteur:innen in meinen Geschichten widerfuhren:

„… auf die geschossen worden ist oder die einen toten Kameraden aus einem angesprengten Fahrzeug bergen mussten, ist der Tod keine abstrakte Größe mehr (…). Traumatisierte Personen sind im wahrsten Sinne des Wortes desillusioniert." [39]

Der erste Band „Anaram – Endloses Licht" begann mit der Schilderung einer fiktiven Preisverleihung für Kriegsfotografen. Einer der bekanntesten deutschen Berichterstatter aus Kriegs- und Krisengebieten ist Christoph Reuter. Er reiste in den Tagen der militärischen Evakuierungsoperation nach Kabul und einige Tage später über den Landweg nach Afghanistan ein, um zu berichten, wie sich das Land nach dem Sieg der Taliban entwickelt. Mit einem Zitat von ihm, über ein Gespräch im Dorf Isa Chel, möchte ich enden: „Zum ersten Mal seit fast 20 Jahren war Frieden. Niemand musste sich mehr fürchten vor Luftangriffen, Razzien, willkürlichen Verhaftungen. Das sei eine große Erleichterung, pflichteten alle raunend bei. Die Herrschaft der Taliban begrüßten sie. Doch nun hätten sie furchtbare Angst vor dem Winter." [40]

Mein herzlicher Dank geht an die Malerin Arya Atti, die 2015 aus dem kurdischen Teil Syriens fliehen musste und inzwischen als Künstlerin in Kassel eine eigene Galerie betreibt. Ihr verdanken wir das wunderbare Bild auf dem Einband, welches mich an das hoffnungsvoll lebensfrohe Kleid von Anaram und gleichermaßen an die drohende Verschleierung ihres gesamten Lebens erinnert.

Ich danke allen Menschen, die sich für eine menschenwürdige Zukunft Afghanistans einsetzen.

Abkürzungen & Begriffe

AA

Abkürzung für Auswärtiges Amt; Deutsches Außenministerium

Abbey Gate

Eine von mehreren Zufahrten zum Kabul International Airport, welche in den letzten Tagen der militärischen Evakuierungsoperation im August 2021 bis zum Attentat am 26. August 2021 von amerikanischen US-Marines gesichert wurde.

AC-130

Mit Rohrwaffen bestücktes Militärflugzeug amerikanischer Bauart zur Luftnahunterstützung, basierend auf dem Transportflugzeug Lockheed C-130 Hercules

AFG

Im Militär gebräuchliche Abkürzung für Afghanistan

ANA

Engl.; Afghan National Army; Afghanische Nationalarmee, Berufsarmee, 2002 gegründet, faktisches Ende im Sommer 2021

BMI

Abkürzung für das deutsche Bundesministerium des Inneren und für Heimat

BMVg
Abkürzung für das deutsche Bundesministerium der
Verteidigung

BRICS
Zusammenschluss der aufstrebenden Staaten Brasili-
en, Russland, Indien, China und Südafrika, welche
politisch, wirtschaftlich und militärisch kooperieren

Compound
Mit Mauern umfriedeter Wohn- oder Arbeitsbereich;
teils stärker befestigt und gegen Einsicht von außen
geschützt

Eminem
Künstlername von Marshall Bruce Mathers III (geb.
1972), der mit seinen Kunstfiguren „Eminem" und
„Slim Shady" Weltruhm erlangte, US-amerikanischer
Rapper, Songwriter und Musikproduzent.

EU
Abkürzung für Europäische Union; formaler Zusammenschluss von 27 europäischen Staaten als ei-
genständige Rechtspersönlichkeit

Falli
Soldatisch-umgangssprachliche Kurzform für Fallschirmjäger; häufig verbunden mit der Floskel, sich
„aus intakten Flugzeugen zu stürzen".

Feldjäger
Militärhistorisch eigene Truppengattung; in der
Bundeswehr stellen die Feldjäger die Militärpolizei

G20

Abkürzung für Gruppe der Zwanzig, einem informellen Zusammenschluss von 19 führenden Industrienationen und der EU

Hesco

Verallgemeinernde Bezeichnung für moderne Schanzkörbe der Firma Hesco/Großbritannien, die zur Befestigung und zum Schutz von militärischen Stellungen oder im zivilen Bereich z.B. als Flutsperren eingesetzt werden; stein- oder sandgefüllte Gabionen bzw. Drahtkörbe

IED

Engl.; Improvised Explosive Device; Unkonventionelle Spreng- und Brandvorrichtungen, die in Afghanistan als wirksame Waffe der asymmetrischen Kriegsführung gegen NATO-Truppen eingesetzt wurden

ISAF

International Security Assistance Force, Sicherheits- und Wiederaufbaumission in Afghanistan unter NATO-Führung, 2001-2014

ISIS-K

Ableger des Islamischen Staates (IS) in Afghanistan, wobei sich der Zusatz „K" als Bezugnahme auf Khorasan versteht, eine historische Territorialbezeichnung, die Teile des heutigen Afghanistans, Iran, Tadschikistan, Turkmenistan und Usbekistan umfasst

KFOR

NATO-Sicherheitstruppe Kosovo Force (KFOR) auf Basis der UN-Resolution 1244 vom 10. Juni 1999

Lochkoppel

Ein mit Metallösen durchbrochener Gürtel; hier als Bezeichnung für das Tragesystem der Bundeswehr für Trinkwasserflasche, Magazine, Klappspaten usw.; modernere Lösungen sind taktische Einsatzwesten

MINUSMA

Abkürzung für die Multidimensionale Integrierte Stabilisierungsmission der Vereinten Nationen in Mali, UN-Resolution 2100 vom 25. April 2013

MSF

International gebräuchliche Abkürzung für Médecins Sans Frontières; Hilfsorganisation Ärzte ohne Grenzen, Friedensnobelpreis 1999

Nation Building

Engl. für Nationenbildung; sozio-politischer Prozess, in dessen Verlauf sich nationale Einheit und darauf aufbauend auch nationale Staatlichkeit entwickelt

NATO

Engl.; North Atlantic Treaty Organization, westliches Verteidigungsbündnis, u.a. USA, Deutschland

PTBS
Abkürzung für Posttraumatische Belastungsstörung;
psychische Erkrankung, die nach einem oder mehreren Traumata auftreten kann; häufig in Folge von
Unfällen oder Kriegserlebnissen

RS
Abkürzung für den NATO-Einsatz Resolute Sup-
port in Afghanistan, 2015 - 2021

Sani
Umgangssprachliche Abkürzung für Sanitäter; hier
Angehöriger des Sanitätsdienstes der Bundeswehr

Trigger
Engl. für Auslöser; mehrere Bedeutungen: u.a. Abzug einer Waffe oder hier Auslöser für einen Prozess
im psychischen/psychiatrischen Bereich, vgl. PTBS

TÜV
Abkürzung für Technischer Überwachungsverein;
technische Prüforganisation, z.B. für Kraftfahrzeuge

UNO
Engl. Abkürzung für United Nation Organization;
zwischenstaatlicher Zusammenschluss von aktuell
193 Staaten

US-Marines
Engl. umgangssprachlich für United States Marine
Corps (USMC), amerikanische Marine-Infanterie

WTO

Engl. Abkürzung für World Trade Organization; Welthandelsorganisation mit Sitz in Genf; regelt internationale Handels- und Wirtschaftsbeziehungen

Zugführer

Militärische Führungsfunktion der taktischen Ebene unterhalb der Kompanie; Führer der Teileinheit Zug, welche im Regelfall 30 bis 60 Soldaten umfasst; Zugführer können Offiziere oder erfahrene Unteroffiziere sein

Zitate & Quellen

[1] Christina Lamb, Afghan girls' plea: Dear world, dont't forget our education; The Sunday Times, 7. August 2022, Times Newspapers Limited, London

[2] Immanuel Kant, Kritik der Reinen Vernunft, Kritik der praktischen Vernunft, Kritik der Urteilskraft; Lizenzausgabe Fourier Verlag GmbH, Wiesbaden 2003, S. 470

[3] Marco Seliger, Das Afghanistan Desaster – Warum wir am Hindukusch gescheitert sind; Mittler im Maximilian Verlag GmbH & Co. KG, 2022, S. 243ff

[4] Crystal Bayat, Crystal Bayat Foundation; Twitter/X @CBFOUNDATION3, 23. April 2022

[5] B. Traven, Das Totenschiff; Verlag Philipp Reclam jun. Leipzig, 1. Auflage 1967, S. 11

[6] Hans Kruppa, Für immer Du – Liebesgedichte, Auszug aus dem Gedicht „Ein bunter Hut"; Herder Freiburg, Basel, Wien, 2. Auflage, 2001

[7] Zimmermann, Eichenberg, Grundlagen Psychotraumatologie, UTB, Stuttgart 2017; zitiert in: Peter Zimmermann, Trauma und moralische Konflikte, Einführung und Manual für die präventive und therapeutische Arbeit mit Einsatzkräften; Klett-Cotta, Stuttgart 2022, S. 25

[8] Hermann Hesse, Erzählung „Das Reich", Meistererzählungen; Diogenes Taschenbuch 1977, Copyright Suhrkamp Verlag, Frankfurt am Main 1975, S. 175

[9] Nadine Düe, Fabian Forster (Hrsg.), Auch. Wir. Dienten. Deutschland – Über die Zusammenarbeit mit afghanischen Ortskräften während des ISAF-Einsatzes; Bundeszentrale für Politische Bildung, Bonn 2018, Interview mit Entwicklungshelfer Gerhard Frese

[10] Emran Feroz, Der längste Krieg – 20 Jahre „war on terror"; Westend Verlag GmbH, Frankfurt / Main 2021, S. 151f, S. 149

[11] Lisa Ling, Cian Westmoreland, Bewaffnete Drohnen, Dokumente und Briefe an die Abgeordneten des Deutschen Bundestags; Netzwerk Drohnen-Kampagne, 2020

[12] Thomas Jäger, Ralph Thiele (Hrsg.), Hans-Jakob Schindler, Der Politische Islamismus als hybrider Akteur globaler Reichweite; Carola Hartmann Miles-Verlag, Berlin 2021, S. 98

[13] Jonathan Schnitt, Foxtrott 4 – Sechs Monate mit deutschen Soldaten in Afghanistan; Kapitel „Kunduz – Hamburg – Kunduz", C. Bertelsmann Verlag, München, 1. Auflage 2012

[14] Sabaton, Titel: Screaming Eagles, Album: Coat of Arms, Music: Brodén, Lyrics: Brodén/Sundström; Musiklabel Nuclear Blast 2010, 2012

[15] Brinkmann, Hoppe, Schröder, Feindkontakt – Gefechtsberichte aus Afghanistan; 2. überarbeitete Auflage, Verlag E.S. Mittler & Sohn, Hamburg, Berlin, Bonn; Copyright 2013 by Maximilian Verlag, Hamburg, S. 59

[16] Anja Seiffert, Julius Heß, Leben nach Afghanistan – Die Soldaten und Veteranen der Generation Einsatz der Bundewehr; Zentrum für Militärgeschichte und Sozialwissenschaften der Bundeswehr, Potsdam 2020, S. 130, 240ff, 264ff

[17] Emran Feroz, Der längste Krieg – 20 Jahre „war on terror"; Westend Verlag GmbH, Frankfurt / Main 2021, S. 119-120

[18] Waslat Hasrat-Nazimi, Die Löwinnen von Afghanistan – Der lange Kampf um Selbstbestimmung; Rowohlt Verlag GmbH, Hamburg 2022, S. 38f, 87, 180

[19] Natalie Amiri, Afghanistan – Unbesiegter Verlierer; Aufbau Verlage GmbH & Co. KG, Berlin 2022, 1. Auflage, S. 138ff

[20] Deutscher Bundestag, 20. Wahlperiode, Unterrichtung durch die Wehrbeauftragte (Eva Högl); Jahresbericht 2021 (63. Bericht), Drucksache 20/900, 15.03.2022, S. 16

[21] Winfried Nachtwei, Afghanistan: Unser Scheitern im Großen – Bilanz eines Mitauftraggebers; De Gruyter, SIRIUS 2022, 6(1): 84-91, S. 90

[22] Carlo Masala, Weltunordnung – Die globalen Krisen und die Illusionen des Westens; Verlag C.H.Beck oHG, München 2016, 5. Auflage, 2022, S. 14

[23] Sönke Neitzel, Deutsche Krieger – Vom Kaiserreich zur Berliner Republik – eine Militärgeschichte; Ullstein Buchverlage GmbH, Berlin 2020, 1. Auflage 2022, S. 561

[24] Don DeLillo, In the Ruins of the Future; Harper's Magazine, Dezember 2001, zitiert aus Charles Townshend, Terrorismus; Philipp Reclam jun. GmbH & Co., Stuttgart 2005, S. 152

[25] Alive in Afghanistan, Suicide Bomber Who Killed U.S. Troops and Afghans „Likely" Used Unguarded Route to Kabul Airport Gate; 4. Februar 2022

[26] DER SPIEGEL online, Janita Hämäläinen, Interview mit Christoph Klawitter „Ich konnte nicht glauben, was da gerade passiert"; Bild- und Filmdokumente von Christoph Klawitter, 1. August 2022

[27] Verband der Reservisten der Deutschen Bundeswehr, Sicherheitspolitischer Jahresauftakt: 20 Jahre Afghanistan; Kassel, 11. Februar 2023

[28] Alive in Afghanistan, Mohammad Jawad Alizada, Every Death Leaves Someone Behind; 11. September 2021, https://www.alive-in.org/

[29] Alive in Afghanistan, Report: U.S. Marines Returned Fire After Suicide Bombing but No Enemies Were Shooting at Them; 22. Januar 2022, https://www.alive-in.org/

[30] Jim Garamore, DOD News – U.S. Department of Defense, U.S. Central Command Releases Report on August Abbey Gate Attack; 4. Februar 2022, www.defense.gov

[31] United States Central Command, Military Officials brief Media on investigation results of ISIS-K bombing at Abbey Gate; Release #20220204-01, 4. Februar 2022

[32] BBC News, Kabul airport attack: What do we know? 27. August 2021, (Webseitenabruf vom 26.2.2023; https://www.bbc.com/news/world-asia-58349010)

[33] Operation Recovery, USA, Twitter, @officialpreco, 26. August 2022

[34] SIGAR – Special Inspector General for Afghanistan Reconstruction: Why the Afghan Security Forces Collapsed; SIGAR 23-16-IP, Februar 2023

[35] Deutscher Bundestag, Enquete-Kommission Afghanistan-Einsatz – Anhörung – hib 379/2023; www.bundestag.de/presse/hib/kurzmeldungen-949798, S. 1, Seitenaufruf vom 6.6.2923

[36] Craig Whitlock, Die Afghanistan-Papers – Der Insider-Report über Geheimnisse, Lügen und 20 Jahre Krieg; ECON Ullstein eBooks 2021, S. 13

[37] Thomas Wiegold, augengeradeaus.net, Artikel: USA verlassen Afghanistan einen Tag vor finalem Abzugsdatum (m. Video MckKenzie, Statement Biden); die zitierte Passage stammt aus einer da zitierten Luftverkehrsmeldung (NOTAMN, Notice of Airmen), 30. August 2021

[38] Deutscher Bundestag, 1. Untersuchungsausschuss der 20. Wahlperiode, 22. Sitzung am 26. Januar 2023, Befragung des Vorsitzenden des Patenschaftsnetzwerks Afghanische Ortskräfte e.V.

[39] Ulrich Kerzbeck, Traumatherapie mit Einsatzkräften – Anmerkungen eines Praktikers, Verhaltenstherapie & psychosoziale Praxis; 53. Jg. (1), 127-140, 2021

[40] Christoph Reuter, Wir waren glücklich hier – Afghanistan nach dem Sieg der Taliban; Deutsche Verlags-Anstalt, München, 1. Auflage 2023, S. 15, S. 101, S. 188

Carola Hartmann Miles-Verlag

Die Anaram-Reihe

Stefan Brux, *Anaram – Endloses Licht*, Berlin 2022.
Stefan Brux, *Anaram – Golden Hour*, Berlin 2023.
Stefan Brux, *Anaram – Boundless Light*, Berlin 2023.
Stefan Brux, *Anaram – Verschleierung*, Berlin 2024.

Einsatzerfahrungen

Artur Schwitalla, *Afghanistan, jetzt weiß ich erst...*, Berlin 2010.

Sascha Brinkmann, Joachim Hoppe (Hg.), *Generation Einsatz. Fallschirmjäger berichten ihre Erfahrungen aus Afghanistan*, Berlin 2010.

Rainer Buske, *KUNDUZ. Ein Erlebnisbericht über einen militärischen Einsatz der Bundeswehr in Afghanistan im Jahre 2008*, Berlin 2015.

Marcel Bohnert, Andy Neumann, *German Mechanized Infantry on Combat Operations in Afghanistan*, Berlin 2016.

Alois Bach, Carola Hartmann (Hrsg.), *Unbekannte Helden des Alltags. Soldaten und Ehefrauen berichten über Verantwortung, Humanität und Belastung im Auslandseinsatz*, Berlin 2020.

Kurt Helmut Schiebold, *99 Tage in Afghanistan. Wie der deutsche Einsatz 2003 im Nordosten Afghanistans begann. Aus meinem Tagebuch*, Berlin 2022.

Christian Gerstner, *Unter dem Schwert – 15 Jahre im Kommando Spezialkräfte*, Berlin 2023.

Sicherheitspolitik

Markus Reisner, *Robotic Wars – Legitimatorische Grundlagen und Grenzen des Einsatzes von Military Unmanned Systems in modernen Konfliktszenarien*, Berlin 2018.

Joachim Weber (Hrsg.), *Konfliktraum Arktis. Die Großmächte und der Hohe Norden*, Berlin 2021.

Thomas Jäger, Ralph Thiele (Hrsg.), *Der Politische Islamismus als hybrider Akteur globaler Reichweite. Die liberale demokratische Ordnung muss ihre Resilienz stärken,* Berlin 2021.

Uwe Hartmann, *Die Nato. Mächte und Menschen in der transatlantischen Allianz,* Berlin 2021.

Carsten Rechtien, *Trumps Amerika – Eine geopolitische Revolution? Tradition und Neuausrichtung der US-Außenpolitik in der beginnenden Ära Trump,* Berlin 2022.

Hans-Peter Weinheimer, *Bevölkerungsschutz 2030– Anleitung zur Überwindung eines ‚bewährten' Systems,* Berlin 2022.

Friederike C. Hartung & Servatius Maeßen (Hrsg.), *AT BATTLE STATIONS. Beiträge zur Geschichte der bodengebundenen Luftverteidigung der Luftwaffe 1990 bis 2022,* Berlin 2023.

Militärgeschichte

Georg Neuhaus, *Am Anfang war ein Speer. Eine Chronographie der Kriegs- und Militärtechnologien,* Berlin 2018.

Jobst Reller, *Die Anfänge der evangelischen Militärseelsorge,* Berlin ²2020.

Eberhard Frhr. v. Senden, Friedrich Frhr. v. Senden, *Der Erste Weltkrieg 1914–1918. Erlebnisse eines jungen Leutnants,* Berlin 2020.

Hans-Günter Behrendt, *Flugabwehr in Deutschland. Stationierungsorte und Systeme 1956-2012,* Berlin 2021.

Olaf Rönnau, *Eine totale Institution als Zwischenspiel. Die Kadettenschule der NVA von ihrer Gründung 1956 bis zu ihrer Auflösung 1961,* Berlin 2022.

Stephan Maninger, *Für einige Morgen aus Eis und Schnee – Großbritanniens Kampf um Nordamerika 1754-1763,* Berlin 2022.

Eberhard Birk, *Die Deutschen und ihr Militär. Ein Streifzug mit Variationen und Reflexionen über ein einfach schwieriges Thema,* Berlin 2023.

Gerd Bolik, *NATO-Planungen für die Verteidigung der Bundesrepublik Deutschland im Kalten Krieg,* Berlin ²2023.

Erinnerungen

Rainer Buske, *Eine Reise ins Innere der Bundeswehr. Wundersame Geschichten aus einer anderen Welt,* Berlin 2016.

Heinz Laube, *Duell am Himmel,* Berlin 2016.

Viktor Toyka, *Dienst in Zeiten des Wandels. Erinnerungen aus 40 Jahren Dienst als Marineoffizier 1966-2000,* Berlin 2017.

Hans-Eckhard Tribess (Hrsg.), *Im Leben unterwegs – für den Frieden. Festschrift für Wolfgang Altenburg zum 90. Geburtstag am 22. Juni 2018,* Berlin 2019.

Kurt Graf v. Schweinitz, *Notizen im Transit von Krieg und Frieden,* Berlin 2020.

Karl-Otto Behrendt, *Der kurze Bericht über eine lange Zeit. Kriegsgefangenschaft 1945–1953, herausgegeben und kommentiert von Hans-Günter Behrendt,* Berlin 2021.

Hans Peter von Kirchbach, *Herz an der Angel,* Berlin 2021.

Dieter Wolf, *Erlebnisse eines MAD-Offiziers und Leistungssportlers,* Berlin 2022.

Klaus Beckmann, *Dienstweg –kein Durchgang? Als Pfarrer und Staatsbürger in der Bundeswehr,* Berlin 2022.

Schriften zur Tradition

Donald Abenheim, Uwe Hartmann (Hrsg.), *Tradition in der Bundeswehr. Zum Erbe des deutschen Soldaten und zur Umsetzung des neuen Traditionserlasses,* Berlin 2018.

Donald Abenheim, Uwe Hartmann, *Einführung in die Tradition der Bundeswehr. Das soldatische Erbe in dem besten Deutschland, das es je gab,* Berlin 2019.

Eberhard Birk, Heiner Möllers (Hrsg.), *Die Luftwaffe und ihre Traditionen (aus der Reihe Schriften zur Geschichte der Deutschen Luftwaffe, Band 10),* Berlin 2019.

Hans-Günter Behrendt (Hrsg.): *Erinnerungsorte der Bundeswehr – Personen, Ereignisse und Institutionen der soldatischen*

Traditionspflege, Berlin 2020.

Dirk Drews, Stefan Gruhl (Hrsg.): *Oberst Reinhard Hauschild 1921–2005. Traditionsstifter für die Bundeswehr? Gedenkschrift zum 100. Geburtstag*, Berlin 2021.

Dieter Krüger, *Verständigung mit Frankreich. Das vergebliche Plädoyer des Oberst Dr. Hans Speidel. Paris 1940–1942*, Berlin 2021.

Martin Kutz, *Besuch im Soldatenhimmel. Ein wissenschaftlicher Reisebericht aus einer anderen Welt*, Berlin 2022.

Jahrbuch Innere Führung (seit 2009)

Uwe Hartmann, Claus von Rosen (Hrsg.), *Jahrbuch Innere Führung 2019. Bundeswehr im Aufbruch. Hindernisse von den verteidigungspolitischen Vorstellungen der AFD bis zu den sicherheitspolitischen Meinungen in der Zivilgesellschaft*, Berlin 2019.

Uwe Hartmann, Reinhold Janke, Claus von Rosen (Hrsg.), *Jahrbuch Innere Führung 2020. Zur Weiterentwicklung der Inneren Führung: Themen und Inhalte*, Berlin 2020.

Uwe Hartmann, Reinhold Janke, Claus von Rosen (Hrsg.), *Jahrbuch Innere Führung 2021/22. Ein neues Mindset Landes- und Bündnisverteidigung?*, Berlin 2022.

Uwe Hartmann, Reinhold Janke, Claus von Rosen (Hrsg.), *Jahrbuch Innere Führung 2022/23. Zeitenwende und Kriegsbilder*, Berlin 2023.

Militär und Gesellschaft

Marcel Bohnert, Lukas J. Reitstetter (Hrsg.), *Armee im Aufbruch. Zur Gedankenwelt junger Offiziere in den Kampftruppen der Bundeswehr*, Berlin 2014.

Alois Bach, Walter Sauer (Hrsg.), *Schützen.Retten. Kämpfen. Dienen für Deutschland*, Berlin 2016.

Marcel Bohnert, Björn Schreiber (Hrsg.), *Die unsichtbaren Veteranen. Kriegsheimkehrer in der deutschen Gesellschaft*, Berlin 2016.

Angelika Dörfler-Dierken (Hrsg.), *Hinschauen! Geschlecht, Rechtspopulismus, Rituale: Systemische Probleme oder individuelles Fehlverhalten?,* Berlin 2019.

Standpunkte und Orientierungen

Uwe Hartmann (Hrsg.), *Lernen von Afghanistan. Innovative Mittel und Wege für Auslandseinsätze,* Berlin 2015.

Uwe Hartmann, *Hybrider Krieg als neue Bedrohung von Freiheit und Frieden. Zur Relevanz der Inneren Führung in Politik, Gesellschaft und Streitkräften,* Berlin 2015.

Martin Sebaldt, *Nicht abwehrbereit. Die Kardinalprobleme der deutschen Streitkräfte, der Offenbarungseid des Weißbuchs und die Wege aus der Gefahr,* Berlin 2017.

Uwe Hartmann, *Der gute Soldat. Politische Kultur und soldatisches Selbstverständnis heute,* Berlin 2018.

Helmut Jermer, *Innere Führung kompakt. Eine Zusammenschau als Lehr- und Lernhilfe,* Berlin 2019.

Martin Sebaldt, *Das Elend der Strategen. Warum die deutsche Militärpolitik versagt,* Berlin 2020.

Hannes Wendroth, *Gute Führung – (k)ein Selbstgänger. Kleine Führungshilfe mit praktischen Hinweisen und persönlichen Anmerkungen,* Berlin 2022.

Hans-Christian Witthauer, Thomas Saller, *Führung und das 3 Alpha Prinzip. Militärisches Handwerkszeug für den zivilen Führungsalltag,* Berlin 2023.

Offiziersbibliothek

Uwe Hartmann, *Offiziersbibliothek I. Deutschland,* Berlin 2020.

Franz H.U. Borkenhagen, Uwe Hartmann, *Offiziersbibliothek II. Internationale Beziehungen und Sicherheitspolitik,* Berlin 2021.

www.miles-verlag.jimdo.com